旅遊必備的

韓語

一本通

雅典韓研所 企編

+MP3
附40音發音表

한국으로 여행가고 싶어요?
你想去韓國旅行嗎？

本書整理出旅遊會話九大主題，入境、住宿、購物、觀光…
你想學的、你不會的，通通都在這一本！
結合去韓國旅遊必學的會話、句型，以及單字
不管你是跟團還是自助旅行，讓你遊韓國更EASY

韓文字是由基本母音、基本子音、複合母音、氣音和硬音所構成。

其組合方式有以下幾種:

1. 子音加母音,例如:저(我)
2. 子音加母音加子音,例如:밤(夜晚)
3. 子音加複合母音,例如:위(上)
4. 子音加複合母音加子音,例如:관(官)
5. 一個子音加母音加兩個子音,如:값(價錢)

簡易拼音使用方式:

1. 為了讓讀者更容易學習發音,本書特別使用「簡易拼音」來取代一般的羅馬拼音。
   規則如下,
   例如:
   그러면 우리 집에서 저녁을 먹자.
   geu.reo.myeon/u.ri/ji.be.seo/jeo.nyeo.geul/meok.jja
   ----------普遍拼音
   geu.ro*.myo*n/u.ri/ji.be.so*/jo*.nyo*.geul/mo*k.jja
   ------------簡易拼音
   那麼,我們在家裡吃晚餐吧!

   文字之間的空格以「/」做區隔。
   不同的句子之間以「//」做區隔。

基本母音：

	韓國拼音	簡易拼音	注音符號
ㅏ	a	a	ㄚ
ㅑ	ya	ya	ㄧㄚ
ㅓ	eo	o*	ㄜ
ㅕ	yeo	yo*	ㄧㄜ
ㅗ	o	o	ㄡ
ㅛ	yo	yo	ㄧㄡ
ㅜ	u	u	ㄨ
ㅠ	yu	yu	ㄧㄨ
ㅡ	eu	eu	(ㄜ)
ㅣ	i	i	ㄧ

特別提示：

1. 韓語母音「ㅡ」的發音和「ㄜ」發音有差異，但嘴型要拉開，牙齒快要咬住的狀態，才發得準。
2. 韓語母音「ㅓ」的嘴型比「ㅗ」還要大，整個嘴巴要張開成「大O」的形狀，
   「ㅗ」的嘴型則較小，整個嘴巴縮小到只有「小o」的嘴型，類似注音「ㄡ」。
3. 韓語母音「ㅕ」的嘴型比「ㅛ」還要大，整個嘴巴要張開成「大O」的形狀，
   類似注音「ㄧㄜ」，「ㅛ」的嘴型則較小，整個嘴巴縮小到只有「小o」的嘴型，類似注音「ㄧㄡ」。

基本子音：

	韓國拼音	簡易拼音	注音符號
ㄱ	g,k	k	ㄎ
ㄴ	n	n	ㄋ
ㄷ	d,t	d,t	ㄊ
ㄹ	r,l	l	ㄌ
ㅁ	m	m	ㄇ
ㅂ	b,p	p	ㄆ
ㅅ	s	s	ㄙ,(ㄒ)
ㅇ	ng	ng	不發音
ㅈ	j	j	ㄗ
ㅊ	ch	ch	ㄘ

特別提示：

1. 韓語子音「ㅅ」有時讀作「ㄙ」的音，有時則讀作「ㄒ」的音。「ㄒ」音是跟母音「ㅣ」搭在一塊時，才會出現。
2. 韓語子音「ㅇ」放在前面或上面不發音；放在下面則讀作「ng」的音，像是用鼻音發「嗯」的音。
3. 韓語子音「ㅈ」的發音和注音「ㄗ」類似，但是發音的時候更輕，氣更弱一些。

氣音：

	韓國拼音	簡易拼音	注音符號
ㅋ	k	k	ㄎ
ㅌ	t	t	ㄊ
ㅍ	p	p	ㄆ
ㅎ	h	h	ㄏ

特別提示:

1. 韓語子音「ㅋ」比「ㄱ」的較重，有用到喉頭的音，音調類似國語的四聲。
   ㅋ＝ㄱ＋ㅎ
2. 韓語子音「ㅌ」比「ㄷ」的較重，有用到喉頭的音，音調類似國語的四聲。
   ㅌ＝ㄷ＋ㅎ
3. 韓語子音「ㅍ」比「ㅂ」的較重，有用到喉頭的音，音調類似國語的四聲。
   ㅍ＝ㅂ＋ㅎ

複合母音：

	韓國拼音	簡易拼音	注音符號
ㅐ	ae	e*	ㄝ
ㅒ	yae	ye*	ㄧㄝ
ㅔ	e	e	ㄟ
ㅖ	ye	ye	ㄧㄟ
ㅘ	wa	wa	ㄨㄚ
ㅙ	wae	we*	ㄨㄝ
ㅚ	oe	we	ㄨㄟ
ㅞ	we	we	ㄨㄟ
ㅝ	wo	wo	ㄨㄛ
ㅟ	wi	wi	ㄨㄧ
ㅢ	ui	ui	ㄜㄧ

特別提示：

1. 韓語母音「ㅐ」比「ㅔ」的嘴型大，舌頭的位置比較下面，發音類似「ae」；「ㅔ」的嘴型較小，舌頭的位置在中間，發音類似「e」。不過一般韓國人讀這兩個發音都很像。

2. 韓語母音「ㅒ」比「ㅖ」的嘴型大，舌頭的位置比較下面，發音類似「yae」；「ㅖ」的嘴型較小，舌頭的位置在中間，發音類似「ye」。不過很多韓國人讀這兩個發音都很像。

3. 韓語母音「ㅚ」和「ㅞ」比「ㅙ」的嘴型小些，「ㅙ」的嘴型是圓的；「ㅚ」、「ㅞ」則是一樣的發音。不過很多韓國人讀這三個發音都很像，都是發類似「we」的音。

硬音：

	韓國拼音	簡易拼音	注音符號
ㄲ	kk	g	ㄍ
ㄸ	tt	d	ㄉ
ㅃ	pp	b	ㄅ
ㅆ	ss	ss	ㄙ
ㅉ	jj	jj	ㄗ

特別提示：

1. 韓語子音「ㅆ」比「ㅅ」用喉嚨發重音，音調類似國語的四聲。
2. 韓語子音「ㅉ」比「ㅈ」用喉嚨發重音，音調類似國語的四聲。

*表示嘴型比較大

PART **5**
搭車旅遊

P 195

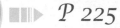

PART **6**
觀光旅遊

$P\ 225$

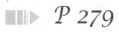

PART **7**
緊急情況

$P\ 279$

PART I
抵達韓國

機內服務

聽講短句

담요를 주시겠습니까?
dam.nyo.reul/jju.si.get.sseum.ni.ga
可以給我毯子嗎?

解說

「- 을/를 주시겠습니까?」表示向聽話者要求某樣東西,相當於中文「可以給我...嗎?」。

實用例句

좌석을 바꿔 줄 수 있습니까?
jwa.so*.geul/ba.gwo/jul/su/it.sseum.ni.ga
我可以換位子嗎?

좌석을 뒤로 젖혀도 될까요?
jwa.so*.geul/dwi.ro/jo*.chyo*.do/dwel.ga.yo
椅子可以往後躺嗎?

점심 식사로 닭고기 와 생선 중에 무엇으로 하시겠습니까?
jo*m.sim/sik.ssa.ro/dal.go.gi/wa/se*ng.so*n/jung.e/mu.o*.seu.ro/ha.si.get.sseum.ni.ga
午餐有雞肉和海鮮,您要哪一種?

닭고기로 하겠습니다.
dal.go.gi.ro/ha.get.sseum.ni.da
我要雞肉。

중국어 신문이 필요합니다.
jung.gu.go*/sin.mu.ni/pi.ryo.ham.ni.da
我需要中文的報紙。

기내에서 면세품을 팝니까?
gi.ne*.e.so*/myo*n.se.pu.meul/pam.ni.ga
飛機上有賣免稅商品嗎？

화장실이 어디에 있습니까?
hwa.jang.si.ri/o*.di.e/it.sseum.ni.ga
請問廁所在哪裡？

커피 한 잔 더 주시겠습니까?
ko*.pi/han/jan/do*/ju.si.get.sseum.ni.ga
可以再給我一杯咖啡嗎？

제 짐을 여기에 두어도 될까요?
je/ji.meul/yo*.gi.e/du.o*.do/dwel.ga.yo
我的行李可以放在這裡嗎？

무엇을 마시겠습니까?
mu.o*.seul/ma.si.get.sseum.ni.ga
您要喝點什麼？

콜라를 주십시오.
kol.la.reul/jju.sip.ssi.o
請給我可樂。

토할 거 같아요. 멀미약 있어요?
to.hal/go*/ga.ta.yo//mo*l.mi.yak/i.sso*.yo
我好像快吐了，有暈車藥嗎？

지금 어디를 날고 있습니까?
ji.geum/o*.di.reul/nal.go/it.sseum.ni.ga
我們現在飛到哪裡了？

이 서류는 어떻게 쓰는지 가르쳐 주시겠습니까?
i/so*.ryu.neun/o*.do*.ke/sseu.neun.ji/ga.reu.cho*/ju.si.get.sseum.ni.ga
可以教我這個該怎麼填寫嗎？

제 좌석을 가르쳐 주시겠습니까?
je/jwa.so*.geul/ga.reu.cho*/ju.si.get.sseum.ni.ga
可以告訴我我的位子在哪嗎？

相關單字

조종사	拼音 jo.jong.sa	
	中譯 飛機駕駛員	
스튜어디스	拼音 seu.tyu.o*.di.seu	
	中譯 空姐	
기장	拼音 gi.jang	
	中譯 機長	
이륙하다	拼音 i.ryuk.ka.da	
	中譯 起飛	

착륙하다	拼音 chang.nyu.ka.da
	中譯 降落
비행 시간	拼音 bi.he*ng/si.gan
	中譯 飛行時間
창문	拼音 chang.mun
	中譯 窗口
통로	拼音 tong.no
	中譯 走道

入境檢查

關鍵短句

여권을 보여 주시겠습니까?
yo*.gwo.neul/bo.yo*/ju.si.get.sseum.ni.ga
可以出示您的護照嗎？

解說

「 - 아/어 주시겠습니까?」表示向聽話者請求
做某事，相當於中文「可以幫我做...嗎？」。

實用例句

여권과 입국 신고서를 보여 주세요.
yo*.gwon.gwa/ip.guk/sin.go.so*.reul/bo.yo*/
ju.se.yo
請給我您的護照和入境申請單。

어디에서 오셨습니까?
o*.di.e.so*/o.syo*t.sseum.ni.ga
您從哪裡來？

저는 대만에서 왔습니다.
jo*.neun/de*.ma.ne.so*/wat.sseum.ni.da
我從台灣來的。

방문 목적이 무엇입니까?
bang.mun/mok.jjo*.gi/mu.o*.sim.ni.ga
來這裡的目的是什麼？

관광하러 왔습니다.
gwan.gwang.ha.ro*/wat.sseum.ni.da
我是來觀光的。

출장 때문에 왔습니다.
chul.jang/de*.mu.ne/wat.sseum.ni.da
我來這裡出差。

얼마나 머물 예정입니까?
o*l.ma.na/mo*.mul/ye.jo*ng.im.ni.ga
您要待多久？

일주일 정도 체류할 것입니다.
il.ju.il/jo*ng.do/che.ryu.hal/go*.sim.ni.da
我打算待一個星期。

어디에 머무를 예정입니까?
o*.di.e/mo*.mu.reul/ye.jo*ng.im.ni.ga
您打算住在哪裡？

아직 정하지 못했습니다.
a.jik/jo*ng.ha.ji/mo.te*t.sseum.ni.da
我還沒有決定。

서울 호텔에 묵을 것입니다.
so*.ul/ho.te.re/mu.geul/go*.sim.ni.da
我會住在首爾飯店。

귀국 항공편 티켓은 있습니까?
gwi.guk/hang.gong.pyo*n/ti.ke.seun/it.sseum.
ni.ga
你有回國的機票嗎?

미안하지만 알아 들을 수 없습니다.
mi.an.ha.ji.man/a.ra/deu.reul/ssu/o*p.sseum.
ni.da
對不起,我聽不懂。

좋습니다. 가셔도 됩니다.
jo.sseum.ni.da/ga.syo*.do/dwem.ni.da
可以了,你可以離開了。

相關單字

여권	拼音 yo*.gwon
	中譯 護照
비자	拼音 bi.ja
	中譯 簽證
국적	拼音 guk.jjo*k
	中譯 國籍
체류 시간	拼音 che.ryu/si.gan
	中譯 滯留時間

提領行李

Track 009

關鍵短句

짐을 찾는 곳은 어디입니까?
ji.meul/chan.neun/go.seun/o*.di.im.ni.ga
領取行李的地方在哪裡?

解說

「은/는」用來表示句子的主題或闡述的對象,
接在名詞的後方,表示該名詞即是句子的主
題。

어디서 제 짐을 찾을 수 있습니까?
o*.di.so*/je/ji.meul/cha.jeul/ssu/it.sseum.ni.ga
哪裡可以領回我的行李?

짐이 여기서 나옵니까?
ji.mi/yo*.gi.so*/na.om.ni.ga
行李會從這裡出來嗎?

제 짐이 보이지 않습니다.
je/ji.mi/bo.i.ji/an.sseum.ni.da
我沒看到我的行李。

어디에서 짐을 찾습니까?
o*.di.e.so*/ji.meul/chat.sseum.ni.ga
在哪裡拿行李呢？

제 짐을 못 찾았어요.
je/ji.meul/mot/cha.ja.sso*.yo
我找不到我的行李。

너무 무겁습니다. 좀 도와 주시겠습니까?
no*.mu/mu.go*p.sseum.ni.da//jom/do.wa/ju.si.
get.sseum.ni.ga
太重了，可以幫忙我嗎？

도와주셔서 감사합니다.
do.wa.ju.syo*.so*/gam.sa.ham.ni.da
謝謝你的幫助。

제 짐을 찾게 도와 주시겠어요?
je/ji.meul/chat.ge/do.wa/ju.si.ge.sso*.yo
您可以協助我找尋我的行李嗎？

相關單字

짐	拼音 jim
	中譯 行李
슈트케이스	拼音 syu.teu.ke.i.seu
	中譯 手提箱

여행 가방	拼音 yo*.he*ng/ga.bang
	中譯 旅行箱
수하물	拼音 su.ha.mul
	中譯 手提行李
수하물표	拼音 su.ha.mul.pyo
	中譯 行李單
수하물 벨트	拼音 su.ha.mul/bel.teu
	中譯 行李輸送帶
찾다	拼音 chat.da
	中譯 找尋
분실하다	拼音 bun.sil.ha.da
	中譯 遺失

海關

Track 010

關鍵短句

（
짐 좀 열어 보십시오.
jim/jom/yo*.ro*/bo.sip.ssi.o
請你打開你的行李。
）

解說

「(으)십시오」表示尊敬地向對方提出命令或請求，通常使用在較正式的場合。

實用例句

신고할 물건이 있습니까?
sin.go.hal/mul.go*.ni/it.sseum.ni.ga
有要申報的物品嗎？

아니오, 없습니다.
a.ni.o/o*p.sseum.ni.da
不，沒有。

이것들은 무엇입니까?
i.go*t.deu.reun/mu.o*.sim.ni.ga
這些是什麼？

그것들은 다 개인 용품입니다.
geu.go*t.deu.reun/da/ge*.in/yong.pu.mim.ni.da
那些都是我的個人用品。

가족들에게 줄 선물입니다.
ga.jok.deu.re.ge/jul/so*n.mu.rim.ni.da
那是要送給家人的禮物。

술이나 담배 있습니까?
su.ri.na/dam.be*/it.sseum.ni.ga
有酒或香菸嗎？

기념품 가격은 전부 얼마쯤 됩니까?
gi.nyo*m.pum/ga.gyo*.geun/jo*n.bu/o*l.ma.
jjeum/dwem.ni.ga
紀念品的價格總共價值多少？

이것은 제가 사용하는 노트북입니다.
i.go*.seun/je.ga/sa.yong.ha.neun/no.teu.
bu.gim.ni.da
這是我使用的筆記型電腦。

이것은 세금을 내야합니다.
i.go*.seun/se.geu.meul/ne*.ya.ham.ni.da
這個要繳交稅金。

어떤 물건에 세금을 부가합니까?
o*.do*n/mul.go*.ne/se.geu.meul/bu.ga.ham.
ni.ga
哪些物品要付稅呢？

세관원	**拼音** se.gwa.nwon
	中譯 海關人員
신고하다	**拼音** sin.go.ha.da
	中譯 申報
세금	**拼音** se.geum
	中譯 稅金
열다	**拼音** yo*l.da
	中譯 打開
물건	**拼音** mul.go*n
	中譯 物品

機場服務台

Track 011

관광 안내소는 어디에 있습니까?
gwan.gwang/an.ne*.so.neun/o*.di.e/
it.sseum.ni.ga
請問觀光服務台在哪裡?

如果要向他人詢問某物在哪裡時, 可以使用
「~은/는 어디에 있습니까?」的句型。

값이 싸고 좋은 호텔을 소개해 주겠습니까?
gap.ssi/ssa.go/jo.eun/ho.te.reul/sso.ge*.he*/
ju.get.sseum.ni.ga
可以為我介紹便宜又不錯的飯店嗎?

시내까지 가는 공항 버스는 어디서 타야 합니
까?
si.ne*.ga.ji/ga.neun/gong.hang/bo*.seu.neun/
o*.di.so*/ta.ya/ham.ni.ga
前往市區的機場巴士要在哪裡搭?

서울 호텔은 어떻게 가야 합니까?
so*.ul/ho.te.reun/o*.do*.ke/ga.ya/ham.ni.ga
請問要怎麼去首爾飯店？

여기서 시내 지도를 얻을 수 있습니까?
yo*.gi.so*/si.ne*/ji.do.reul/o*.deul/ssu.it.sseum.
ni.ga
這裡可以領取市區的地圖嗎？

호텔을 좀 예약해 주실 수 있습니까?
ho.te.reul/jjom/ye.ya.ke*/ju.sil/su/it.sseum.ni.ga
可以幫我預約飯店嗎？

지하철 역은 어디입니까?
ji.ha.cho*l/yo*.geun/o*.di.im.ni.ga
地鐵站在哪裡？

동대문에 가려면 몇 번 버스를 타야 합니까?
dong.de*.mu.ne/ga.ryo*.myo*n/myo*t/bo*n/bo*.
seu.reul/ta.ya/ham.ni.ga
我想去東大門，請問該搭幾號公車？

택시나 공항버스를 이용하세요.
te*k.ssi.na/gong.hang.bo*.seu.reul/i.yong.
ha.se.yo
請搭乘計程車或機場巴士。

관광 안내자료를 얻고 싶어요.
gwan.gwang.an.ne*.ja.ryo.reul/o*t.go/si.po*.yo
我想領取觀光指南的資料。

저는 한국어를 못 알아듣습니다. 영어로 설명해
줄 수 있습니까?
jo*.neun/han.gu.go*.reul/mot/a.ra.deut.sseum.
ni.da//yo*ng.o*.ro/so*l.myo*ng.he*.jul/su/
it.sseum.ni.ga
我聽不懂韓語，您可以用英文說明嗎？

어디서 핸드폰을 대여할 수 있지요?
o*.di.so*/he*n.deu.po.neul/de*.yo*.hal/ssu/it.jji.
yo
哪裡可以租手機呢？

어디서 환전할 수 있지요?
o*.di.so*/hwan.jo*n.hal/ssu/it.jji.yo
哪裡可以換錢呢？

중국어 사용이 가능합니까?
jung.gu.go*/sa.yong.i/ga.neung.ham.ni.ga
您會說中文嗎？

어디서 서울지도를 구할 수 있나요?
o*.di.so*/so*.ul.ji.do.reul/gu.hal/ssu/in.na.yo
在哪可以領取首爾地圖呢？

相關單字

안내소　　　拼音 an.ne*.so
　　　　　　中譯 詢問處

전국지도	拼音 jo*n.guk.jji.do
	中譯 全國地圖
시각표	拼音 si.gak.pyo
	中譯 時刻表
항공회사	拼音 hang.gong.hwe.sa
	中譯 航空公司
공항	拼音 gong.hang
	中譯 機場
항공 버스	拼音 gong.hang/bo*.seu
	中譯 機場巴士
금연석	拼音 geu.myo*n.so*k
	中譯 禁菸席
흡연석	拼音 heu.byo*n.so*k
	中譯 吸菸席

換錢

Track 012

關鍵短句

(얼마를 바꿔 드릴까요?
o*l.ma.reul/ba.gwo/deu.ril.ga.yo
要幫您換多少錢呢?)

解說

「을/를」為受格助詞,接在名詞後方,表示該名詞為動作或作用的對象。

오늘 환율이 얼마입니까?
o.neul/hwa.nyu.ri/o*l.ma.im.ni.ga
今天的匯率是多少?

환전을 하고 싶은데요.
hwan.jo*.neul/ha.go/si.peun.de.yo
我想要換錢。

환전소는 어디 있습니까?
hwan.jo*n.so.neun/o*.di/it.sseum.ni.ga
換錢所在哪裡?

오늘 일 달러에 얼마예요?
o.neul/il/dal.lo*.e/o*l.ma.ye.yo
今天一美元兌換多少韓元呢?

환전하는 곳이 어디인가요?
hwan.jo*n.ha.neun/go.si/o*.di.in.ga.yo
換錢的地方在哪裡呢?

모두 만원짜리로 바꿔 주세요.
mo.du ma.nwon.jja.ri.ro ba.gwo ju.se.yo
請全部幫我換成萬元紙鈔。

여기 200만원입니다. 확인해 보세요.
yo*.gi i.be*ng.man wo.nim.ni.da//hwa.gin.he*
bo.se.yo
這裡是200萬韓元,請確認。

이 여행자 수표를 현금으로 바꿔 주시겠습니까?
i/yo*.he*ng.ja/su.pyo.reul/hyo*n.geu.meu.ro/
ba.gwo/ju.si.get.sseum.ni.ga
可以幫我把這張旅行支票換成現金嗎?

여기가 여행자 수표를 현금으로 바꾸는 창구입
니까?
yo*.gi.ga/yo*.he*ng.ja/su.pyo.reul/hyo*n.geu.
meu.ro/ba.gu.neun/chang.gu.im.ni.ga
這裡是將旅行支票換成現金的窗口嗎?

여기 100달러를 한국돈으로 바꾸려고 합니다.
yo*.gi/be*k.dal.lo*.reul/han.guk.do.neu.ro/
ba.gu.ryo*.go/ham.ni.da

我想將這裡的100美金換成韓幣。

잔돈도 필요합니다.
jan.don.do/pi.ryo.ham.ni.da
我也需要零錢。

5만원짜리 10장 그리고 나머지는 만원으로 부탁합니다.
o.ma.nwon.jja.ri/yo*l/jang/geu.ri.go/na.mo*.ji.neun/ma.nwo.neu.ro/bu.ta.kam.ni.da
五萬元的鈔票十張，剩下的都給我一萬元的鈔票。

계산이 다른 것 같습니다.
gye.sa.ni/da.reun/go*t/gat.sseum.ni.da
好像計算得不同。

이 근처에 환전소가 있나요?
i/geun.cho*.e/hwan.jo*n.so.ga/in.na.yo
這附近有換錢所嗎？

相關單字

은행
拼音 eun.he*ng
中譯 銀行

외환
拼音 we.hwan
中譯 外幣

환율	拼音 hwa.nyul
	中譯 匯率
한화	拼音 han.hwa
	中譯 韓幣
달러	拼音 dal.lo*
	中譯 美金
엔화	拼音 en.hwa
	中譯 日幣
대만돈	拼音 de*.man.don
	中譯 台幣
인민폐	拼音 in.min.pye
	中譯 人民幣
수표	拼音 su.pyo
	中譯 支票
주식	拼音 ju.sik
	中譯 股票

搬運行李

Track 013

關鍵短句

(짐이 두 개입니다.
ji.mi/du/ge*.im.ni.da
行李有兩件。)

解說

表示物品或人的數量時，必須使用韓語固有數字
하나, 둘, 셋, 넷...等，但放在量詞前方時，會變
成한, 두, 세, 네的形式。

이 짐을 택시 승강장까지 옮겨 주세요.
i/ji.meul/te*k.ssi/seung.gang.jang.ga.ji/om.gyo*/
ju.se.yo
請幫我把這個行李搬到計乘車站。

카트는 어디에 있습니까?
ka.teu.neun/o*.di.e/it.sseum.ni.ga
請問手推車在哪裡？

이것들은 제 것입니다.
i.go*t.deu.reun/je/go*.sim.ni.da
這些是我的行李。

36

짐을 좀 내려 주시겠습니까?
ji.meul/jjom/ne*.ryo*/ju.si.get.sseum.ni.ga
可以幫我把行李拿下來嗎?

무겁죠? 제가 도와 줄게요.
mu.go*p.jjyo//je.ga/do.wa/jul.ge.yo
很重吧?我幫你拿。

괜찮아요. 제가 들 수 있습니다.
gwe*n.cha.na.yo//je.ga/deul/ssu/it.sseum.ni.da
沒關係,我可以自己拿。

카트는 어디까지 사용할 수 있습니까?
ka.teu.neun/o*.di.ga.ji/sa.yong.hal/ssu/
it.sseum.ni.ga
手推車可以使用到哪裡?

고맙습니다. 얼마입니까?
go.map.sseum.ni.da/o*l.ma.im.ni.ga
謝謝,多少錢?

이것은 팁입니다.
i.go*.seun/ti.bim.ni.da
這是小費。

감사합니다. 즐거운 여행되십시오.
gam.sa.ham.ni.da/jeul.go*.un/yo*.he*ng.dwe.
sip.ssi.o
謝謝您,祝您旅行愉快。

PART2
入住飯店

詢問空房

關鍵短句

빈 방이 있습니까?
bin/bang.i/it.sseum.ni.ga
有空房間嗎?

解說

「(ㅂ)습니까?」使用在疑問句上,表示向聽話者提出疑問,為「格式體尊敬形」。

實用例句

내일 밤 방이 있을까요?
ne*.il/bam/bang.i/i.sseul.ga.yo
明天晚上有房間嗎?

싱글룸은 얼마입니까?
sing.geul.lu.meun/o*l.ma.im.ni.ga
請問單人房多少錢?

하루 밤에 12만원입니다.
ha.ru/ba.me/si.bi.ma.nwo.nim.ni.da
一個晚上是12萬韓元。

목욕탕이 딸린 더블룸은 얼마입니까?
mo.gyok.tang.i/dal.lin/do*.beul.lu.meun/o*l.
ma.im.ni.ga
有浴缸的雙人房要多少錢?

오늘 밤 묵을 방을 구할 수 있습니까?
o.neul/bam/mu.geul/bang.eul/gu.hal/ssu/
it.sseum.ni.ga
今天晚上有房間可以住嗎?

오래 묵으면 할인이 됩니까?
o.re*/mu.geu.myo*n/ha.ri.ni/dwem.ni.ga
住久一點有折扣嗎?

좀 더 싼 방은 없습니까?
jom/do*/ssan/bang.eun/o*p.sseum.ni.ga
沒有更便宜一點的房間嗎?

1인용 객실 요금이 얼마죠?
i.ri.nyong/ge*k.ssil/yo.geu.mi/o*l.ma.jyo
單人房的費用是多少?

일박에 얼마입니까?
il.ba.ge/o*l.ma.im.ni.ga
一個晚上多少錢?

조식은 포함입니까?
jo.si.geun/po.ha.mim.ni.ga
有包含早餐嗎?

세금과 봉사료가 포함되어 있습니까?
se.geum.gwa/bong.sa.ryo.ga/po.ham.dwe.o*/
it.sseum.ni.ga
有包含稅金和服務費嗎?

다른 비싸지 않은 호텔을 추천해 주시겠습니까?
da.reun/bi.ssa.ji/a.neun/ho.te.reul/chu.cho*n.
he*/ju.si.get.sseum.ni.ga
可以介紹其他不貴的飯店給我嗎?

추천해 주셔서 감사합니다.
chu.cho*n.he*/ju.syo*.so*/gam.sa.ham.ni.da
感謝您的推薦。

예약해 주세요.
ye.ya.ke*/ju.se.yo
請幫我預約。

相關單字

호텔	拼音 ho.tel
	中譯 飯店
특급 호텔	拼音 teuk.geup/ho.tel
	中譯 五星級飯店
모텔	拼音 mo.tel
	中譯 汽車旅館
여관	拼音 yo*.gwan
	中譯 旅館

민박	拼音 min.bak
	中譯 **民宿**
룸	拼音 rum
	中譯 **房間 / 包廂**
방	拼音 bang
	中譯 **房間**
빈 방	拼音 bin.bang
	中譯 **空房**
더블 룸	拼音 do*.beul/lum
	中譯 **雙人房**
싱글 룸	拼音 sing.geul/rum
	中譯 **單人房**

預約房間

關鍵班句

방을 예약하려고 합니다.
bang.eul/ye.ya.ka.ryo*.go/ham.ni.da
我要預約房間。

解說

「 - (으)려고 하다」表示意圖或計畫，相當於中文的「打算... / 想要...」。

實用例句

예약을 부탁합니다.
ye.ya.geul/bu.ta.kam.ni.da
我想訂房間。

예약을 하셨습니까?
ye.ya.geul/ha.syo*t.sseum.ni.ga
您有預約嗎？

예약했습니다. 제 이름은 이다해입니다.
ye.ya.ke*t.sseum.ni.da//je/i.reu.meun/i.da.he*.
im.ni.da
我有預約，我的名字是李多海。

예약은 대만에서 했습니다.
ye.ya.geun/de*.ma.ne.so*/he*t.sseum.ni.da
我在台灣預約的。

아니요. 아직 예약을 하지 않았습니다.
a.ni.yo//a.jik/ye.ya.geul/ha.ji/a.nat.sseum.ni.da
沒有，我還沒訂房。

이틀간 예약을 했습니다.
i.teul.gan/ye.ya.geul/he*t.sseum.ni.da
我預約了兩天。

어떤 종류의 방을 원하세요?
o*.do*n/jong.nyu.ui/bang.eul/won.ha.se.yo
您想要哪種房間呢？

이번 주말에 더블 룸 하나를 예약하고 싶습니다.
i.bo*n/ju.ma.re/do*.beul/rum/ha.na.reul/ye.ya.
ka.go/sip.sseum.ni.da
我想在這個周末訂一間雙人房。

최나연이라는 이름으로 방 하나를 예약해 두었
습니다.
chwe.na.yo*.ni.ra.neun/i.reu.meu.ro/bang/
ha.na.reul/ye.ya.ke*/du.o*t.sseum.ni.da
我用崔蘿蓮的名字訂了一間房間。

죄송합니다만, 모두 예약이 되어있는데요.
jwe.song.ham.ni.da.man//mo.du/ye.ya.gi/dwe.
o*.in.neun.de.yo
對不起，我們飯店已經全部客滿了。

방이 몇 개나 필요하세요?
bang.i/myo*t/ge*.na/pi.ryo.ha.se.yo
您需要幾間房間？

전방이 좋은 방으로 주세요.
jo*n.bang.i/jo.eun/bang.eu.ro/ju.se.yo
請給我景觀不錯的房間。

위쪽에 있는 방이 좋겠습니다.
wi.jjo.ge/in.neun/bang.i/jo.ket.sseum.ni.da
我希望是樓上的房間。

1인실을 원하세요, 2인실을 원하세요?
i.rin.si.reul/won.ha.se.yo//i.in.si.reul/won.ha.se.
yo
您要單人房還是雙人房？

오늘 밤 방을 예약하고 싶습니다.
o.neul/bam/bang.eul/ye.ya.ka.go/sip.sseum.
ni.da
我想訂今天晚上的房間。

1박에 10만원 이하인 방이 있습니까?
il.ba.ge/sim.ma.nwon/i.ha.in/bang.i/it.sseum.
ni.ga
有一個晚上10萬韓元以下的房間嗎？

이번 주 금요일에 묵을 방을 예약하고 싶습니다.
i.bo*n/ju/geu.myo.i.re/mu.geul/bang.eul/ye.ya.
ka.go/sip.sseum.ni.da
我想預約這星期五要住的房間。

1인용 침대 들 있는 방으로 예약을 하고 싶습니다.
i.ri.nyong/chim.de*/dul/in.neun/bang.eu.ro/
ye.ya.geul/ha.go/sip.sseum.ni.da
我想訂有兩個單人床的房間。

이 예약을 취소하려면 내일 오후 3시 전까지 전화해 주세요.
i/ye.ya.geul/chwi.so.ha.ryo*.myo*n/ne*.il/o.hu/
se.si/jo*n.ga.ji/jo*n.hwa.he*/ju.se.yo
如果您要取消訂房，請在明天下午三點以前打電話過來。

예약을 취소하고 싶습니다.
ye.ya.geul/chwi.so.ha.go/sip.sseum.ni.da
我想取消訂房。

相關單字

전화로 예약하다	拼音 jo*n.hwa.ro/ye.ya.ka.da
	中譯 電話預約
예약	拼音 ye.yak
	中譯 預訂
가격	拼音 ga.gyo*k
	中譯 價格
비용 표준	拼音 ga.bi.yong/pyo.jun
	中譯 收費標準

성수기	拼音 so*ng.su.gi
	中譯 **旺季**
비수기	拼音 bi.su.gi
	中譯 **淡季**
대문	拼音 de*.mun
	中譯 **大門**
로비	拼音 ro.bi
	中譯 **大廳**
사환	拼音 sa.hwan
	中譯 **服務員**
층	拼音 cheung
	中譯 **樓層**
계단	拼音 gye.dan
	中譯 **樓梯**
엘리베이터	拼音 el.li.be.i.to*
	中譯 **電梯**

入住

체크인 부탁합니다.
che.keu.in/bu.ta.kam.ni.da
我要辦理入住手續。

解說

「(ㅂ)습니다」使用在敘述句，為現在式的格式體尊敬形，主要使用在較正式的場合上。

체크인을 하려고 하는데요.
che.keu.i.neul/ha.ryo*.go/ha.neun.de.yo
我要辦理入住。

예약하셨나요?
ye.ya.ka.syo*n.na.yo
您預約了嗎？

인터넷으로 예약했습니다.
in.to*.ne.seu.ro/ye.ya.ke*t.sseum.ni.da
我用網路訂房的。

성함을 알려 주시겠습니까?
so*ng.ha.meul/al.lyo*/ju.si.get.sseum.ni.ga
可以告訴我您的大名嗎？

김수정이라고 합니다.
gim.su.jo*ng.i.ra.go/ham.ni.da
我叫金秀貞。

이 방으로 하겠습니다.
i/bang.eu.ro/ha.get.sseum.ni.da
我要這間房間。

체크아웃 시간은 언제입니까?
che.keu.a.ut/si.ga.neun/o*n.je.im.ni.ga
退房的時間是什麼時候？

귀중품을 보관하고 싶습니다.
gwi.jung.pu.meul/bo.gwan.ha.go/sip.sseum.
ni.da
我想保管貴重物品。

방을 볼 수 있습니까?
bang.eul/bol/su/it.sseum.ni.ga
可以看房間嗎？

좀 더 좋은 방은 없습니까?
jom/do*/jo.eun/bang.eun/o*p.sseum.ni.ga
沒有更好一點的房間嗎？

아침은 몇 시에 먹을 수 있습니까?
a.chi.meun/myo*t/si.e/mo*.geul/ssu/it.sseum.

ni.ga
幾點可以吃早餐？

여기 열쇠 있습니다. 방은 210호입니다.
yo*.gi/yo*l.swe/it.sseum.ni.da//bang.eun/i.be*k.
ssi.po.im.ni.da
這是您的鑰匙，房間是210號房。

확인서는 여기 있습니다.
hwa.gin.so*.neun/yo*.gi/it.sseum.ni.da
這是確認書。

누구 이름으로 예약하셨습니까?
nu.gu/i.reu.meu.ro/ye.ya.ka.syo*t.sseum.ni.ga
您是用誰的名字訂房的呢？

이게 방 열쇠입니다.
i.ge/bang/yo*l.swe.im.ni.da
這是房間的鑰匙。

종업원이 방으로 안내하겠습니다.
jong.o*.bwo.ni/bang.eu.ro/an.ne*.ha.get.
sseum.ni.da
服務員會帶您到房間。

짐을 방까지 옮겨 주시겠어요?
ji.meul/bang.ga.ji/om.gyo*/ju.si.ge.sso*.yo
可以幫我把行李搬到房間嗎？

相關單字

객실	拼音 ge*k.ssil
	中譯 客房
지배인	拼音 ji.be*.in
	中譯 經理
숙박비	拼音 suk.bak.bi
	中譯 住宿費
선불	拼音 so*n.bul
	中譯 先付款 / 預付
체크인 카드	拼音 che.keu.in/ka.deu
	中譯 登記卡
서명하다	拼音 so*.myo*ng.ha.da
	中譯 簽名
방 번호	拼音 bang/bo*n.ho
	中譯 房間號碼
카드 열쇠	拼音 ka.deu/yo*l.swe
	中譯 房卡鑰匙

使用飯店設施

Track 017

관련표현

(전화 좀 써도 됩니까?
jo*n.hwa/jom/sso*.do/dwem.ni.ga
可以借我打電話嗎?)

解說

「 - 아/어도 되다」表示允許或許可，相當於中文的「可以...」。

수영장은 어디에 있습니까?
su.yo*ng.jang.eun/o*.di.e/it.sseum.ni.ga
游泳池在哪裡?

레스토랑은 어디에 있습니까?
re.seu.to.rang.eun/o*.di.e/it.sseum.ni.ga
請問餐廳在哪裡?

아침 식사는 어디서 합니까?
a.chim/sik.ssa.neun/o*.di.so*/ham.ni.ga
早餐要在哪裡吃呢?

혹시 헬스클럽이 있습니까?
hok.ssi/hel.seu.keul.lo*.bi/it.sseum.ni.ga
有健身房嗎？

어디서 컴퓨터를 쓸 수 있습니까?
o*.di.so*/ko*m.pyu.to*.reul/sseul/ssu/it.sseum.ni.ga
哪裡可以使用電腦？

커피숍은 몇 시에 문을 엽니까?
ko*.pi.syo.beun/myo*t/si.e/mu.neul/yo*m.ni.ga
咖啡廳幾點開門？

팩스는 있습니까?
pe*k.sseu.neun/it.sseum.ni.ga
有傳真機嗎？

바는 몇 시에 영업을 시작합니까?
ba.neun/myo*t/si.e/yo*ng.o*.beul/ssi.ja.kam.ni.ga
酒吧幾點開始營業？

여기 미용실도 있습니까?
yo*.gi/mi.yong.sil.do/it.sseum.ni.ga
這裡也有美容院嗎？

相關單字

프런트데스크	**拼音** peu.ro*n.teu.de.seu.keu
	中譯 服務台
안내데스크	**拼音** an.ne*.de.seu.keu
	中譯 服務台
종업원	**拼音** jong.o*.bwon
	中譯 服務員
벨보이	**拼音** bel.bo.i
	中譯 行李員
커피숍	**拼音** ko*.pi.syop
	中譯 咖啡廳
레스토랑	**拼音** re.seu.to.rang
	中譯 餐廳
식당	**拼音** sik.dang
	中譯 餐館
연회장	**拼音** yo*n.hwe.jang
	中譯 宴會廳
노래방	**拼音** no.re*.bang
	中譯 卡拉OK包廂
헬스클럽	**拼音** hel.seu.keul.lo*p
	中譯 健身房
바	**拼音** ba
	中譯 酒吧
수영장	**拼音** su.yo*ng.jang
	中譯 游泳池
사우나	**拼音** sa.u.na
	中譯 桑拿浴

客房服務

대만으로 전화를 하고 싶은데요.
de*.ma.neu.ro/jo*n.hwa.reul/ha.go/
si.peun.de.yo
我想打電話到台灣。

解說

「(으)로」接在表示地點或方向的名詞之後，表示方向或途徑。

實用例句

모닝콜을 부탁합니다.
mo.ning.ko.reul/bu.ta.kam.ni.da
我想要個叫醒服務。

룸 서비스입니다. 무엇을 도와 드릴까요?
rum/so*.bi.seu.im.ni.da//mu.o*.seul/do.wa/deu.
ril.ga.yo
這裡是客房服務，能幫您什麼忙？

방 번호를 말씀하십시오.
bang/bo*n.ho.reul/mal.sseum.ha.sip.ssi.o
請告訴我您的房間號碼。

세탁 서비스는 됩니까?
se.tak/so*.bi.seu.neun/dwem.ni.ga
有洗衣服務嗎？

우롱차 한 주전자면 좋겠습니다.
u.rong.cha/han/ju.jo*n.ja.myo*n/jo.ket.sseum.
ni.da
我要一壺的烏龍茶。

가능한 한 빨리 부탁합니다.
ga.neung.han/han/bal.li/bu.ta.kam.ni.da
請您盡快送過來。

아침 식사를 210호로 갖다 주시겠습니까?
a.chim/sik.ssa.reul/i.be*k.ssi.po.ro/gat.da/ju.si.
get.sseum.ni.ga
可以麻煩您將早餐送來210號房嗎？

여기는 210호입니다. 와인 한 병과 와인잔 두
개를 갖다 주세요.
yo*.gi.neun/i.be*k.ssi.po.im.ni.da//wa.in/han/
byo*ng.gwa/wa.in.jan/du.ge*.reul/gat.da/ju.se.
yo
這裡是210號房，請幫我送一瓶紅酒和兩個酒
杯。

저는 국제전화를 걸려고 하는데요.
jo*.neun/guk.jje.jo*n.hwa.reul/go*l.lyo*.go/
ha.neun.de.yo
我想打國際電話。

대만으로 전화를 하고 싶은데요.
de*.ma.neu.ro/jo*n.hwa.reul/ha.go/si.peun.
de.yo
我想打電話到台灣。

중국어를 할 줄 아는 분이 있습니까?
jung.gu.go*.reul/hal/jjul/a.neun/bu.ni/it.sseum.
ni.ga
這裡有會講中文的人嗎？

이 짐을 밤 11시까지 맡아줄 수 있습니까?
i/ji.meul/bam/yo*l.han.si.ga.ji/ma.ta.jul/su/
it.sseum.ni.ga
可以幫我保管這個行李到晚上11點嗎？

레스토랑 예약을 해 줄 수 있습니까?
re.seu.to.rang/ye.ya.geul/he*/jul/su/it.sseum.
ni.ga
可以幫我預約餐廳嗎？

이 엽서를 대만으로 보내 주십시오.
i/yo*p.sso*.reul/de*.ma.neu.ro/bo.ne*/ju.sip.
ssi.o
請幫我把這張明信片寄到台灣。

종업원을 제 방으로 불러 줄 수 있습니까?
jong.o*.bwo.neul/jje/bang.eu.ro/bul.lo*/jul/su/
it.sseum.ni.ga
可以請服務員來我房間一趟嗎？

아침 8시에 모닝콜을 부탁합니다.
a.chim/yo*.do*l/si.e/mo.ning.ko.reul/bu.ta.kam.
ni.da
我要早上8點的叫醒服務。

잠시 기다리세요.
jam.si/gi.da.ri.se.yo
請稍等。

들어오세요.
deu.ro*.o.se.yo
請進。

이건 팁입니다.
i.go*n/ti.bim.ni.da
這是小費。

突發狀況

關鍵短句

(변기가 막힌 것 같습니다.
byo*n.gi.ga/ma.kin/go*t/gat.sseum.ni.da
馬桶好像阻塞了。)

解說

「 - (으)ㄴ/는/(으)ㄹ 것 같다」表示對某事或某
一狀態的推測，相當於中文的「好像...」。

實用例句

무슨 문제라도 있어요?
mu.seun/mun.je.ra.do/i.sso*.yo
有什麼問題嗎？

210호실입니다. 방이 지저분하니 청소해 주세
요.
i.be*k.ssi.po.si.rim.ni.da//bang.i/ji.jo*.bun.ha.ni/
cho*ng.so.he*/ju.se.yo
這裡是210號房，房間很亂請過來打掃。

여기는 210호입니다. 샤워기에 문제가 생겼습
니다.
yo*.gi.neun/i.be*k.ssi.po.im.ni.da//sya.wo.gi.e/

mun.je.ga/se*ng.gyo*t.sseum.ni.da
這裡是210號房，淋浴器有問題。

빨리 처리해 주시겠습니까?
bal.li/cho*.ri.he*/ju.si.get.sseum.ni.ga
可以快點幫我處理嗎？

지금 당장 오셔서 고쳐 주시겠습니까?
ji.geum/dang.jang/o.syo*.so*/go.cho*/ju.si.get.
sseum.ni.ga
可以現在馬上過來修理嗎？

열쇠를 방 안에 두고 나왔습니다.
yo*l.swe.reul/bang/a.ne/du.go/na.wat.sseum.
ni.da
我把鑰匙忘在房間裡了。

방을 바꿔도 됩니까? 옆 방이 너무 시끄럽습니
다.
bang.eul/ba.gwo.do/dwem.ni.ga//yo*p/bang.i/
no*.mu/si.geu.ro*p.sseum.ni.da
我可以換房間嗎？隔壁房太吵了。

뜨거운 물이 나오지 않습니다.
deu.go*.un/mu.ri/na.o.ji/an.sseum.ni.da
沒有熱水。

물이 뜨겁지 않습니다.
mu.ri/deu.go*p.jji/an.sseum.ni.da
水不熱。

제가 방에서 일해야 하는데 전등이 너무 어둡습니다.
je.ga/bang.e.so*/il.he*.ya/ha.neun/de/jo*n.deung.i/no*.mu/o*.dup.sseum.ni.da
我必須在房間工作，但電燈太暗了。

열쇠를 잃어버렸습니다. 방에 들어 갈 수 없습니다.
yo*l.swe.reul/i.ro*.bo*.ryo*t.sseum.ni.da//bang.e/deu.ro*/gal/ssu/o*p.sseum.ni.da
我把鑰匙弄丟了，沒辦法進房間。

방을 청소해 주시겠습니까?
bang.eul/cho*ng.so.he*/ju.si.get.sseum.ni.ga
可以請人過來打掃房間嗎？

오늘 방 청소가 아직 안 되었습니다.
o.neul/bang/cho*ng.so.ga/a.jik/an/dwe.o*t.sseum.ni.da
今天房間還沒打掃。

드라이어가 고장난 것 같습니다. 사용할 수 없습니다.
deu.ra.i.o*.ga/go.jang.nan/go*t/gat.sseum.ni.da//sa.yong.hal/ssu/o*p.sseum.ni.da
吹風機好像故障了，沒辦法使用。

에어컨이 고장났어요.
e.o*.ko*.ni/go.jang.na.sso*.yo
冷氣壞掉了。

침대	拼音 chim.de*
	中譯 床
침대 머릿장	拼音 chim.de*/mo*.rit.jjang
	中譯 床頭櫃
램프	拼音 re*m.peu
	中譯 燈
싱글 베드	拼音 sing.geul/be.deu
	中譯 單人床
더블 베드	拼音 do*.beul/be.deu
	中譯 雙人床
침대 시트	拼音 chim.de*/si.teu
	中譯 床單
이불	拼音 i.bul
	中譯 棉被
베개	拼音 be.ge*
	中譯 枕頭
담요	拼音 dam.nyo
	中譯 毛毯
벽장	拼音 byo*k.jjang
	中譯 壁櫥
옷걸이	拼音 ot.go*.ri
	中譯 衣架
화장대	拼音 hwa.jang.de*
	中譯 梳妝台
서랍	拼音 so*.rap
	中譯 抽屜
텔레비전	拼音 tel.le.bi.jo*n
	中譯 電視

전화기	拼音 jo*n.hwa.gi
	中譯 電話
창문 커튼	拼音 chang.mun/ko*.teun
	中譯 窗簾
소파	拼音 so.pa
	中譯 沙發
안락 의자	拼音 al.lak ui.ja
	中譯 扶手椅
욕실	拼音 yok.ssil
	中譯 浴室
욕조	拼音 yok.jjo
	中譯 浴缸
비누	拼音 bi.nu
	中譯 肥皂
샴푸	拼音 syam.pu
	中譯 洗髮精
칫솔	拼音 chit.ssol
	中譯 牙刷
치약	拼音 chi.yak
	中譯 牙膏
타월	拼音 ta.wol
	中譯 毛巾
샤워기	拼音 sya.wo.gi
	中譯 淋浴器
세면대	拼音 se.myo*n.de*
	中譯 洗手台
휴지	拼音 hyu.ji
	中譯 衛生紙

退房

Track 020

關鍵短句

(체크아웃을 하고 싶은데요.
che.keu.a.u.seul/ha.go/si.peun.de.yo
我想退房。)

解說

「 - 고 싶다」表示談話者的希望、願望，相當於中文的「想要...」。

체크아웃 시간은 몇 시입니까?
che.keu.a.ut/si.ga.neun/myo*t/si.im.ni.ga
退房的時間是幾點？

210호실입니다. 체크아웃 하겠습니다.
i.be*k.ssi.po.si.rim.ni.da//che.keu.a.ut/ha.get.
sseum.ni.da
我住210號房，我要退房。

210호실 이홍기입니다.
i.be*k.ssi.po.sil/i.hong.gi.im.ni.da
我是210號房的李弘基。

제 짐을 로비로 내려줄 수 있습니까?
je/ji.meul/ro.bi.ro/ne*.ryo*.jul/su/it.sseum.ni.ga
可以幫我把行李搬下來大廳嗎？

맡긴 귀중품을 내주십시오.
mat.gin/gwi.jung.pu.meul/ne*.ju.sip.ssi.o
請給我寄存的貴重物品。

열쇠를 주시겠습니까?
yo*l.swe.reul/jju.si.get.sseum.ni.ga
請您交出鑰匙。

이틀 더 묵고 싶은데요.
i.teul/do*/muk.go/si.peun.de.yo
我想再住兩天。

몇 시에 떠날 겁니까?
myo*t/si.e/do*.nal/go*m.ni.ga
您幾點要離開？

하루 일찍 떠나고 싶은데요.
ha.ru/il.jjik/do*.na.go/si.peun.de.yo
我想早一天離開。

택시를 불러 주시겠습니까?
te*k.ssi.reul/bul.lo*/ju.si.get.sseum.ni.ga
可以幫我叫一輛計程車嗎？

죄송합니다. 제 물건을 방에 두고 나왔습니다.
jwe.song.ham.ni.da//je/mul.go*.neul/bang.e/
du.go/na.wat.sseum.ni.da

對不起，我有東西忘在房間裡了。

조심해서 가세요.
jo.sim.he*.so*/ga.se.yo
小心慢走。

짐이 너무 무거워요. 도와 주세요.
ji.mi/no*.mu/mu.go*.wo.yo//do.wa/ju.se.yo
行李太重了，請幫我的忙。

結帳

Track 021

關鍵句

(계산해 주십시오.
gye.san.he*/ju.sip.ssi.o
請幫我結帳。)

解說

「-아/어 주다」接在動詞語幹後方，表示給某人做某動作。

實用例句

이것은 손님의 계산서입니다.
i.go*.seun/son.ni.mui/gye.san.so*.im.ni.da
這是客人您的帳單。

이것은 무슨 요금입니까?
i.go*.seun/mu.seun/yo.geu.mim.ni.ga
這是什麼費用？

신용 카드를 받습니까?
si.nyong/ka.deu.reul/bat.sseum.ni.ga
可以刷信用卡嗎？

여행자 수표도 됩니까?
yo*.he*ng.ja/su.pyo.do/dwem.ni.ga
也可以使用旅行支票嗎?

가능합니다. 여기에 사인해 주십시오.
ga.neung.ham.ni.da//yo*.gi.e/sa.in.he*/ju.sip.
ssi.o
可以,請您在這裡簽名。

계산이 잘못된 것 같습니다.
gye.sa.ni/jal.mot.dwen.go*t/gat.sseum.ni.da
費用好像計算錯誤。

방 값은 세금과 서비스 요금을 포함해서 45만원
입니다.
bang/gap.sseun/se.geum.gwa/so*.bi.seu/
yo.geu.meul/po.ham.he*.so*sa.si.bo.ma.nwo.
nim.ni.da
房間價格包含稅金和服務費,總共是45萬韓
元。

서울 호텔을 찾아 주셔서 감사 합니다.
so*.ul/ho.te.reul/cha.ja/ju.syo*.so*/gam.sa/ham.
ni.da
感謝您莅臨首爾飯店。

계산 어디서 해요?
gye.san/o*.di.so*/he*.yo
在哪裡結帳?

비용	拼音 bi.yong	
	中譯 **費用**	
체크인	拼音 che.keu.in	
	中譯 **入住手續**	
체크아웃	拼音 che.keu.a.ut	
	中譯 **退房手續**	
계산서	拼音 gye.san.so*	
	中譯 **帳單**	

PART3
享受美食

找餐廳

關鍵短句

뭘 먹으러 갈까요?
mwol/mo*.geu.ro*/gal.ga.yo
我們要去吃什麼?

解說

「(으)러」表示移動的目的,後面通常會出現移動性的動詞,相當於中文的「去 / 來...做某事」。

實用例句

불고기를 먹으러 가자.
bul.go.gi.reul/mo*.geu.ro*/ga.ja
我們去吃烤肉吧。

날씨가 추우니까 김치찌개를 먹을까요?
nal.ssi.ga/chu.u.ni.ga/gim.chi.jji.ge*.reul/mo*.
geul.ga.yo
天氣冷我們去吃泡菜鍋,好嗎?

가볍게 식사를 하고 싶어요.
ga.byo*p.ge/sik.ssa.reul/ha.go/si.po*.yo
我想隨便吃點什麼東西。

배가 고프군요. 무엇을 좀 먹읍시다.
be*.ga/go.peu.gu.nyo//mu.o*.seul/jjom/mo*.
geup.ssi.da
肚子餓了呢！我們去吃點什麼吧。

어떤 음식을 먹고 싶으세요?
o*.do*n/eum.si.geul/mo*k.go/si.peu.se.yo
你想吃什麼？

저는 한국 요리를 먹고 싶습니다.
jo*.neun/han.guk/yo.ri.reul/mo*k.go/sip.sseum.
ni.da
我想吃韓國料理。

어디에서 맛있는 한국 전통음식을 먹을 수 있습
니까?
o*.di.e.so*/ma.sin.neun/han.guk/jo*n.tong.eum.
si.geul/mo*.geul/ssu/it.sseum.ni.ga
哪裡可以吃到美味的韓國傳統料理呢？

좋은 음식점을 소개해 주시겠습니까?
jo.eun/eum.sik.jjo*.meul/sso.ge*.he*/ju.si.get.
sseum.ni.ga
可以介紹不錯的餐飲店給我嗎

이 근처에 덜 비싼 레스토랑이 있습니까?
i/geun.cho*.e/do*l/bi.ssan/re.seu.to.rang.i/
it.sseum.ni.ga
這附近有不會很貴的餐廳嗎？

식당이 많은 곳은 어디입니까?
sik.dang.i/ma.neun/go.seun/o*.di.im.ni.ga
餐廳很多的地方在哪裡？

근처에 한국 식당이 있나요?
geun.cho*.e/han.guk/sik.dang.i/in.na.yo
附近有韓式料理店嗎？

괜찮은 식당이 있으면 알려 주세요.
gwe*n.cha.neun/sik.dang.i/i.sseu.myo*n/al.lyo*/
ju.se.yo
如果有不錯的餐廳，請告訴我。

이 지방의 명물요리를 먹고 싶어요.
i/ji.bang.ui/myo*ng.mu.ryo.ri.reul/mo*k.go/
si.po*.yo
我想吃這裡的本地菜。

가장 가까운 한국 음식점은 어디입니까?
ga.jang/ga.ga.un/han.guk/eum.sik.jjo*.meun/
o*.di.im.ni.ga
離這裡最近的韓式料理店在哪裡？

싸고 맛있는 가게 있나요?
ssa.go/ma.sin.neun/ga.ge/in.na.yo
有便宜又好吃的店嗎？

예약이 필요한가요?
ye.ya.gi/pi.ryo.han.ga.yo
需要預約嗎？

직접 가셔도 됩니다.
jik.jjo*p/ga.syo*.do/dwem.ni.da
直接去也可以。

相關單字

아침식사	**拼音** a.chim.sik.ssa	
	中譯 早餐	
점심식사	**拼音** jo*m.sim.sik.ssa	
	中譯 午餐	
저녁식사	**拼音** jo*.nyo*k.ssik.ssa	
	中譯 晚餐	
주식	**拼音** ju.sik	
	中譯 主食	
부식	**拼音** bu.sik	
	中譯 副食	
야식	**拼音** ya.sik	
	中譯 消夜	
음식점	**拼音** eum.sik.jjo*m	
	中譯 餐館	
패스트푸드점	**拼音** pe*.seu.teu.pu.deu.jo*m	
	中譯 快餐店	
피자점	**拼音** pi.ja.jo*m	
	中譯 披薩店	
뷔페	**拼音** bwi.pe	
	中譯 自助餐	
특별 메뉴	**拼音** teuk.byo*l.me.nyu	
	中譯 特別料理	

야채 요리	拼音 ya.che*.yo.ri
	中譯 素食料理
해산물 요리	拼音 he*.san.mul.yo.ri
	中譯 海鮮料理
일식요리	拼音 il.si.gyo.ri
	中譯 日式料理
중식요리	拼音 jung.si.gyo.ri
	中譯 中式料理
한식요리	拼音 han.si.gyo.ri
	中譯 韓式料理

預約餐廳

關鍵短句

예약을 해야 합니까?
ye.ya.geul/he*.ya/ham.ni.ga
我要預約嗎?

解說

「 - 아/어야 되다/하다」表示必須要做的事或某種必然的情況,相當於中文的「必須...」。

몇 시로 예약하고 싶습니까?
myo*t/si.ro/ye.ya.ka.go/sip.sseum.ni.ga
您想預約幾點?

오늘 밤 예약하고 싶습니다.
o.neul/bam/ye.ya.ka.go/sip.sseum.ni.da
我想預約今天晚上。

일행이 몇 분입니까?
il.he*ng.i/myo*t/bu.nim.ni.ga
有幾位呢?

6시반에 5명입니다.
yo*.so*t/si.ba.ne/da.so*t/myo*ng.im.ni.da
六點半有五位。

금연석으로 예약하고 싶은데요.
geu.myo*n.so*.geu.ro/ye.ya.ka.go/si.peun.de.yo
我想預約禁菸席。

예약하지 않았습니다. 자리 있나요?
ye.ya.ka.ji/a.nat.sseum.ni.da//ja.ri/in.na.yo
我沒有預約，有位子嗎？

밤 8시에 2인용 좌석을 예약하고 싶은데요.
bam/yo*.do*l/si.e/i.i.nyong/jwa.so*.geul/ye.ya.ka.go/si.peun.de.yo
我想預約晚上八點兩個人的位子。

성함을 말씀해 주시겠어요?
so*ng.ha.meul/mal.sseum.he*/ju.si.ge.sso*.yo
您貴姓大名是？

가능하면 창문 근처의 식탁을 원합니다.
ga.neung.ha.myo*n/chang.mun/geun.cho*.ui/sik.ta.geul/won.ham.ni.da
可以的話我想預約窗戶旁邊的位子。

조용한 곳의 자리를 원합니다.
jo.yong.han/go.sui/ja.ri.reul/won.ham.ni.da
我想要安靜一點的位子。

경치가 좋은 자리를 부탁합니다.
gyo*ng.chi.ga/jo.eun/ja.ri.reul/bu.ta.kam.ni.da
我要風景好的位子。

오늘 밤 6시 예약을 최소하고 싶습니다.
o.neul/bam/yo*.so*t.ssi/ye.ya.geul/chwe.so.ha.
go/sip.sseum.ni.da
我想取消今天晚上6點的訂位。

예약 시간 변경이 가능합니까?
ye.yak/si.gan/byo*n.gyo*ng.i/ga.neung.ham.
ni.ga
預約時間可以改嗎？

미안하지만 오늘 밤 약속 시간에 한 시간쯤 늦을
것 같습니다.
mi.an.ha.ji.man/o.neul/bam/yak.ssok/si.ga.ne/
han/si.gan.jjeum/neu.jeul/go*t.gat.sseum.ni.da
對不起，我今天晚上大概會晚一個小時左右。

오늘 저녁 예약했는데 내일로 연기했으면 합니
다.
o.neul/jjo*.nyo*k/ye.ya.ke*n.neun.de/ne*.il.lo/
yo*n.gi.he*.sseu.myo*n/ham.ni.da
我預約了今天晚上，但我想延到明天。

죄송합니다. 예약이 다 되어 있습니다.
jwe.song.ham.ni.da//ye.ya.gi/da/dwe.o*/
it.sseum.ni.da
對不起，已經預約滿了。

금연석	拼音 geu.myo*n.so*k
	中譯 禁菸席
흡연석	拼音 heu.byo*n.so*k
	中譯 吸菸席
빈 자리	拼音 bin/ja.ri
	中譯 空位
창가쪽 자리	拼音 chang.ga.jjok/ja.ri
	中譯 靠窗的位子
통로쪽 자리	拼音 tong.no.jjok/ja.ri
	中譯 靠走道的位子

進入餐廳

關鍵句

어서 오십시오. 몇 분이십니까?
o*.so*/o.sip.ssi.o//myo*t/bu.ni.sim.ni.ga
歡迎光臨，請問幾位？

解說

「어서 오십시오」有歡迎光臨、快請進的意思。也可以講「어서 오세요」。

예약을 하지 않았는데, 빈 자리 있습니까?
ye.ya.geul/ha.ji/a.nan.neun.de//bin/ja.ri/
it.sseum.ni.ga
我沒有預約，有位子嗎？

제 이름은 이지은입니다. 6시로 예약을 해 두었습니다.
je/i.reu.meun/i.ji.eu.nim.ni.da//yo*.so*t.ssi.ro/
ye.ya.geul/he*/du.o*t.sseum.ni.da
我的名字是李智恩，我有預約六點。

이리로 오시지요. 이 자리가 마음에 드십니까?
i.ri.ro/o.si.ji.yo//i/ja.ri.ga/ma.eu.me/deu.sim.
ni.ga
請過來這裡，這位子您滿意嗎？

자리 안내해 드리겠습니다.
ja.ri/an.ne*.he*/deu.ri.get.sseum.ni.da
我幫您帶位。

이 자리는 어떻습니까?
i/ja.ri.neun/o*.do*.sseum.ni.ga
這位子如何？

마음에 듭니다. 고맙습니다.
ma.eu.me/deum.ni.da//go.map.sseum.ni.da
我很喜歡，謝謝。

금연석으로 드릴까요, 흡연석으로 드릴까요?
geu.myo*n.so*.geu.ro/deu.ril.ga.yo//heu.byo*n.
so*.geu.ro/deu.ril.ga.yo
您要禁菸席，還是吸菸席？

금연석으로 주세요.
geu.myo*n.so*.geu.ro/ju.se.yo
請給我禁菸席。

다른 자리로 옮기고 싶습니다.
da.reun/ja.ri.ro/om.gi.go/sip.sseum.ni.da
我想換到其他的位子。

저 창가 자리에 앉을 수 있습니까? 여기의 야경을 즐기고 싶은데요.
jo*/chang.ga/ja.ri.e/an.jeul/ssu/it.sseum.ni.ga//yo*.gi.ui/ya.gyo*ng.eul/jjeul.gi.go/si.peun.de.yo
我可以坐那邊的靠窗位子嗎？我想看這裡的夜景。

창가 자리로 주시겠습니까?
chang.ga/ja.ri.ro/ju.si.get.sseum.ni.ga
可以給我窗戶旁邊的位子嗎？

메뉴 좀 보여 주시겠습니까?
me.nyu/jom/bo.yo*/ju.si.get.sseum.ni.ga
可以給我看菜單嗎？

여기서 기다려도 괜찮으시겠습니까?
yo*.gi.so*/gi.da.ryo*.do/gwe*n.cha.neu.si.get.sseum.ni.ga
您可以在這裡等嗎？

얼마나 기다려야 하나요?
o*l.ma.na/gi.da.ryo*.ya/ha.na.yo
要等多久呢？

자리가 날 때까지 기다려도 될까요?
ja.ri.ga/nal/de*.ga.ji/gi.da.ryo*.do/dwel.ga.yo
我可以等到有位子嗎？

얼마나 더 기다려야 합니까?
o*l.ma.na/do*/gi.da.ryo*.ya/ham.ni.ga
還要再等多久？

웨이터

拼音 we.i.to*

中譯 **服務員**

바텐더

拼音 ba.ten.do*

中譯 **酒吧服務員**

點餐

Track 025

關鍵短句

주문할게요.
ju.mun.hal.ge.yo
我要點餐。

解說

「 - (으)ㄹ게요」表示說話者表明自己的意思或意願，同時也向聽話者做出承諾，相當於中文的「我來…」。

손님, 주문하시지요?
son.nim//ju.mun.ha.si.ji.yo
客人，您要點餐嗎？

메뉴를 보고 싶은데요.
me.nyu.reul/bo.go/si.peun.de.yo
我想看看菜單。

뭘로 드시겠습니까?
mwol.lo/deu.si.get.sseum.ni.ga
您要吃什麼？

한국 음식에 대해서는 잘 모르겠군요. 추천해 주시겠어요?
han.guk/eum.si.ge/de*.he*.so*.neun/jal/mo.reu.get.gu.nyo//chu.cho*n.he*/ju.si.ge.sso*.yo
我對韓國料理不太了解，您可以推薦一下嗎？

고기와 생선 중에서 어느 쪽을 더 좋아하세요?
go.gi.wa/se*ng.so*n/jung.e.so*/o*.neu/jjo.geul/do*/jo.a.ha.se.yo
肉和海鮮中，您比較喜歡吃哪一樣？

고기를 더 좋아합니다.
go.gi.reul/do*/jo.a.ham.ni.da
我比較喜歡吃肉。

이게 어떤 요리죠?
i.ge/o*.do*n/yo.ri.jyo
這是什麼菜？

오늘 스페셜 요리는 뭐가 있나요?
o.neul/sseu.pe.syo*l/yo.ri.neun/mwo.ga/in.na.yo
今天的特別料理是什麼？

오늘 추천 요리는 삼계탕입니다.
o.neul/chu.cho*n/yo.ri.neun/sam.gye.tang.im.ni.da
今天的推薦料理是蔘雞湯。

이 요리의 재료는 뭔가요?
i/yo.ri.ui/je*.ryo.neun/mwon.ga.yo

這道菜的食材是什麼？

메뉴 좀 갖다 주세요.
me.nyu/jom/gat.da/ju.se.yo
請拿菜單給我。

주문을 받아도 될까요?
ju.mu.neul/ba.da.do/dwel.ga.yo
可以幫您點餐了嗎？

지금 주문해도 될까요?
ji.geum/ju.mun.he*.do/dwel.ga.yo
我現在可以點餐了嗎？

무엇을 권하겠습니까?
mu.o*.seul/gwon.ha.get.sseum.ni.ga
您推薦吃什麼？

무슨 요리가 있습니까?
mu.seun/yo.ri.ga/it.sseum.ni.ga
有什麼料理？

스파게티 하나 주세요.
seu.pa.ge.ti/ha.na/ju.se.yo
請給我一份義大利麵。

떡볶이 하나 주세요.
tto*k.bo.gi/ha.na/ju.se.yo
請給我一份辣炒年糕。

저도 같은 것으로 하겠습니다.

jo*.do/ga.teun/go*.seu.ro/ha.get.sseum.ni.da
我也要一樣的餐點。

저기요, 치킨 한 마리 주세요.
jo*.gi.yo//chi.kin/han.ma.ri/ju.se.yo
服務員，請給我一隻炸雞。

아직 결정하지 않습니다. 조금만 더 기다려 주세요.
a.jik/gyo*l.jo*ng.ha.ji/an.sseum.ni.da//jo.geum.man/do*/gi.da.ryo*/ju.se.yo
我還沒決定好，請再等一下。

스테이크를 권하겠습니다.
seu.te.i.keu.reul/gwon.ha.get.sseum.ni.da
我推薦牛排。

좋습니다. 그것으로 하죠.
jo.sseum.ni.da//geu.go*.seu.ro/ha.jyo
好的，那我點那個。

그 외에 다른 주문은 없습니까?
geu/we.e/da.reun/ju.mu.neun/o*p.sseum.ni.ga
除此之外，還需要點別的嗎？

메뉴를 다시 한번 보여 주시겠습니까?
me.nyu.reul/da.si/han.bo*n/bo.yo*/ju.si.get.sseum.ni.ga
菜單可以再給我看一下嗎？

주문을 바꿔도 됩니까?

ju.mu.neul/ba.gwo.do/dwem.ni.ga
我可以更改點餐嗎？

매운탕 말고 설렁탕으로 주세요.
me*.un.tang/mal.go/so*l.lo*ng.tang.eu.ro/ju.se.
yo
我不要辣魚湯，我要點牛骨湯。

相關單字

밥	拼音 bap	中譯 飯
수프	拼音 su.peu	中譯 湯
디저트	拼音 di.jo*.teu	中譯 點心
반찬	拼音 ban.chan	中譯 小菜
국수	拼音 guk.ssu	中譯 麵條
한국요리	拼音 han.gu.gyo.ri	中譯 韓國料理
한정식	拼音 han.jo*ng.sik	中譯 韓定食
돌솥비빔밥	拼音 dol.sot.bi.bim.bap	中譯 石鍋拌飯
떡볶이	拼音 do*k.bo.gi	中譯 辣炒年糕

순두부 찌개	拼音 sun.du.bu/jji.ge*
	中譯 嫩豆腐鍋
김치찌개	拼音 gim.chi.jji.ge*
	中譯 泡菜鍋
삼계탕	拼音 sam.gye.tang
	中譯 蔘雞湯
불고기	拼音 bul.go.gi
	中譯 烤肉
김치볶음밥	拼音 gim.chi.bo.geum.bap
	中譯 泡菜炒飯
부대찌개	拼音 bu.de*.jji.ge*
	中譯 部隊鍋
매운탕	拼音 me*.un.tang
	中譯 辣魚湯
갈비탕	拼音 gal.bi.tang
	中譯 排骨湯
설렁탕	拼音 so*l.lo*ng.tang
	中譯 牛骨湯
해물탕	拼音 he*.mul.tang
	中譯 辣海鮮湯
곰탕	拼音 gom.tang
	中譯 牛肉湯
해장국	拼音 he*.jang.guk
	中譯 醒酒湯
갈비찜	拼音 gal.bi.jjim
	中譯 燉排骨
보쌈	拼音 bo.ssam
	中譯 菜包白切肉
순대	拼音 sun.de*
	中譯 米血腸

칼국수	拼音 kal.guk.ssu
	中譯 刀切麵
떡국	拼音 do*k.guk
	中譯 年糕湯
수제비	拼音 su.je.bi
	中譯 麵片湯
갈치구이	拼音 gal.chi.gu.i
	中譯 烤帶魚
파전	拼音 pa.jo*n
	中譯 蔥餅
김치	拼音 gim.chi
	中譯 泡菜
초밥	拼音 cho.bap
	中譯 壽司
주먹밥	拼音 ju.mo*k.bap
	中譯 飯糰
생선회	拼音 se*ng.so*n.hwe
	中譯 生魚片
라면	拼音 ra.myo*n
	中譯 泡麵
카레	拼音 ka.re
	中譯 咖哩
만두	拼音 man.du
	中譯 水餃
왕만두	拼音 wang.man.du
	中譯 包子
비빔냉면	拼音 bi.bim.ne*ng.myo*n
	中譯 涼拌冷麵

特別吩咐

關鍵語句

마늘을 넣지 마세요.
ma.neu.reul/no*.chi/ma.se.yo
請不要放蒜。

解說

「-지 마세요」表示有禮貌地請求對方不要做某事，為命令句型。

實用例句

스테이크는 어떻게 구워 드릴까요?
seu.te.i.keu.neun/o*.do*.ke/gu.wo/deu.ril.ga.yo
您牛排要幾分熟。

중간 정도 익혀주세요.
jung.gan/jo*ng.do/i.kyo*.ju.se.yo
我要五分熟。

조금 많이 익혀 주세요.
jo.geum/ma.ni/i.kyo*/ju.se.yo
我要七分熟。

완전히 익혀 주세요.
wan.jo*n.hi.i.kyo*/ju.se.yo
我要全熟。

저는 매운 걸 좋아하지 않아요. 너무 맵지 않게
해 주세요.
jo*.neun/me*.un/go*l/jo.a.ha.ji/a.na.yo//no*.mu/
me*p.jji/an.ke/he*/ju.se.yo
我不喜歡吃辣，請不要太辣。

너무 짜지 않게 해 주세요.
no*.mu/jja.ji/an.ke/he*/ju.se.yo
請不要太鹹。

담백하게 해주세요.
dam.be*.ka.ge/he*/ju.se.yo
請做得清淡一點。

맵게 해 주세요.
me*p.ge/he*/ju.se.yo
請幫我弄辣一點。

고기 안 넣은 것으로 주세요.
go.gi/an/no*.eun/go*.seu.ro/ju.se.yo
我要不加肉的（菜）。

相關單字

맛	拼音 mat
	中譯 味道
맵다	拼音 me*p.da
	中譯 辣
달다	拼音 dal.da
	中譯 甜
짜다	拼音 jja.da
	中譯 鹹
쓰다	拼音 sseu.da
	中譯 苦
시다	拼音 si.da
	中譯 酸
싱겁다	拼音 sing.go*p.da
	中譯 清淡
담백하다	拼音 dam.be*.ka.da
	中譯 清淡
새콤달콤하다	拼音 se*.kom.dal.kom.ha.da
	中譯 酸甜
신선하다	拼音 sin.so*n.ha.da
	中譯 新鮮
느끼하다	拼音 neu.gi.ha.da
	中譯 油膩
비리다	拼音 bi.ri.da
	中譯 腥
향기롭다	拼音 hyang.gi.rop.da
	中譯 香
딱딱하다	拼音 dak.da.ka.da
	中譯 硬
부드럽다	拼音 bu.deu.ro*p.da
	中譯 軟

묽다　　　　　　　拼音 muk.da
　　　　　　　　　中譯 **稀**

진하다　　　　　　拼音 jin.ha.da
　　　　　　　　　中譯 **濃**

걸쭉하다　　　　　拼音 go*l.jju.ka.da
　　　　　　　　　中譯 **稠**

바삭바삭하다　　　拼音 ba.sak.ba.sa.ka.da
　　　　　　　　　中譯 **酥脆**

쫄깃쫄깃하다　　　拼音 jjol.git.jjol.gi.ta.da
　　　　　　　　　中譯 **有韌性**

飯後飲料

喝後話句

마실 것은 뭘로 하시겠습니까?
ma.sil/go*.seun/mwol.lo/ha.si.get.sseum.ni.ga
喝的您要點什麼？

解說

「(으)시」是敬語的用法，主要是用來尊敬對方（聽話者），或比談話者或聽話者的年齡或社會階層還高的對象。

實用例句

후식은 무엇으로 하시겠습니까? 커피와 주스가 있습니다.
hu.si.geun/mu.o*.seu.ro/ha.si.get.sseum.ni.ga//
ko*.pi.wa/ju.seu.ga/it.sseum.ni.da
您要哪一種飯後飲料？我們有咖啡和果汁。

뭘 마시겠습니까?
mwol/ma.si.get.sseum.ni.ga
您要喝什麼？

콜라와 사이다가 있습니다. 뭘로 드릴까요?
kol.la.wa/sa.i.da.ga/it.sseum.ni.da//mwol.lo/

deu.ril.ga.yo
我們有可樂和汽水，您要什麼呢？

커피로 주세요.
ko*.pi.ro/ju.se.yo
我要咖啡。

포도 주 메뉴 좀 보여 주세요.
po.do/ju/me.nyu/jom/bo.yo*/ju.se.yo
請給我看葡萄酒酒單。

맥주를 주세요.
me*k.jju.reul/jju.se.yo
我要啤酒。

무슨 주스를 드릴까요?
mu.seun/ju.seu.reul/deu.ril.ga.yo
您要喝什麼果汁？

오렌지 주스를 주세요.
o.ren.ji/ju.seu.reul/jju.se.yo
請給我柳橙汁。

어떤 커피를 드릴까요?
o*.do*n/ko*.pi.reul/deu.ril.ga.yo
您要哪種咖啡呢？

어떤 음료수가 있습니까?
o*.do*n/eum.nyo.su.ga/it.sseum.ni.ga
有什麼飲料？

음료수는 무엇을 드시겠습니까?
eum.nyo.su.neun/mu.o*.seul/deu.si.get.sseum.
ni.ga
您要喝什麼飲料？

식사 후에 녹차를 주십시오.
sik.ssa/hu.e/nok.cha.reul/jju.sip.ssi.o
飯後請給我綠茶。

카페라테를 주세요.
ka.pe.ra.te.reul/jju.se.yo
請給我咖啡拿鐵。

커피에 우유를 넣어 주세요.
ko*.pi.e/u.yu.reul/no*.o*/ju.se.yo
請在咖啡裡加牛奶。

설탕을 넣어 주세요.
so*l.tang.eul/no*.o*/ju.se.yo
請幫我加糖。

홍차를 주세요.
hong.cha.reul/jju.se.yo
我要喝紅茶。

차에 레몬을 넣어 주세요.
cha.e/re.mo.neul/no*.o*/ju.se.yo
請幫我在茶裡加檸檬。

얼음을 넣어 주십시오.
o*.reu.meul/no*.o*/ju.sip.ssi.o

請幫我加冰塊。

와인 한 잔 주세요.
wa.in/han/jan/ju.se.yo
請給我一杯紅酒。

음료수 말고 물 좀 주시겠어요?
eum.nyo.su/mal.go/mul/jom/ju.si.ge.sso*.yo
我不要飲料，可以給我水嗎？

근처에 다방이 있어요?
geun.cho*.e/da.bang.i/i.sso*.yo
這附近有茶館嗎？

차 종류는 뭐가 있습니까?
cha/jong.nyu.neun/mwo.ga/it.sseum.ni.ga
茶的種類有哪些呢？

커피 한 잔 주세요.
ko*.pi/han/jan/ju.se.yo
請給我一杯咖啡。

相關單字

과일
拼音 gwa.il
中譯 水果

빵
拼音 bang
中譯 麵包

젤리	拼音 jel.li
	中譯 果凍
푸딩	拼音 pu.ding
	中譯 布丁
케이크	拼音 ke.i.keu
	中譯 蛋糕
아이스크림	拼音 a.i.seu.keu.rim
	中譯 冰淇淋
무스케이크	拼音 mu.seu.ke.i.keu
	中譯 慕斯蛋糕
치즈케이크	拼音 chi.jeu.ke.i.keu
	中譯 起司蛋糕
밀크쉐이크	拼音 mil.keu.swe.i.keu
	中譯 奶昔
핫코코아	拼音 hat.ko.ko.a
	中譯 熱可可
콜라	拼音 kol.la
	中譯 可樂
사이다	拼音 sa.i.da
	中譯 汽水
녹차	拼音 nok.cha
	中譯 綠茶
홍차	拼音 hong.cha
	中譯 紅茶
우롱차	拼音 u.rong.cha
	中譯 烏龍茶
밀크티	拼音 mil.keu.ti
	中譯 奶茶
자스민차	拼音 ja.seu.min.cha
	中譯 茉莉花茶

아이스커피	拼音 a.i.seu.ko*.pi
	中譯 冰咖啡
카페라테	拼音 ka.pe.ra.te
	中譯 咖啡拿鐵
카푸치노커피	拼音 ka.pu.chi.no.ko*.pi
	中譯 卡布其諾咖啡
커피우유	拼音 ko*.pi.u.yu
	中譯 咖啡牛奶
사과주스	拼音 sa.gwa.ju.seu
	中譯 蘋果汁
오렌지주스	拼音 o.ren.ji.ju.seu
	中譯 柳橙汁
포도주스	拼音 po.do.ju.seu
	中譯 葡萄汁

抱怨

🎧 Track 028

關鍵短句

(이건 제가 주문한 것이 아닙니다.
i.go*n/je.ga/ju.mun.han/go*.si/a.nim.ni.da
這不是我點的。)

解說

「이건」是이것은的縮寫用法。

實用例句

이것은 제가 주문한 것이 아닌데요.
i.go*.seun/je.ga/ju.mun.han/go*.si/a.nin.de.yo
這菜不是我點的。

이것을 주문하지 않았습니다.
i.go*.seul/jju.mun.ha.ji/a.nat.sseum.ni.da
我沒有點這個。

제 음식이 아직 나오지 않았습니다.
je/eum.si.gi/a.jik/na.o.ji/a.nat.sseum.ni.da
我的菜還沒有送來。

죄송합니다. 바로 갖다 드리겠습니다.
jwe.song.ham.ni.da//ba.ro/gat.da/deu.ri.get.

sseum.ni.da
很抱歉，馬上為您送上。

저는 김치볶음밥을 주문했는데 이것은 야채볶
음밥입니다.
jo*.neun/gim.chi.bo.geum.ba.beul/jju.mun.he*n.
neun.de/i.go*.seun/ya.che*.bo.geum.ba.bim.
ni.da
我點的是泡菜炒飯，這個是蔬菜炒飯。

디저트로 과일이 아니고 푸딩을 주문했습니다.
di.jo*.teu.ro/gwa.i.ri/a.ni.go/pu.ding.eul/jju.mun.
he*t.sseum.ni.da
我的甜點不是水果而是布丁。

음식이 차가워요.
eum.si.gi/cha.ga.wo.yo
菜是冷的。

그건 맛이 없어요.
geu.go*n/ma.si/o*p.sso*.yo
那個不好吃。

이 고기가 상했나 봐요.
i/go.gi.ga/sang.he*n.na/bwa.yo
這個肉好像壞掉了。

맛이 이상합니다.
ma.si/i.sang.ham.ni.da
味道很奇怪。

제 음식에 문제가 있는데요.
je/eum.si.ge/mun.je.ga/in.neun.de.yo
我的菜有問題。

이 생선 요리 뭔가 이상해요.
i/se*ng.so*n/yo.ri/mwon.ga/i.sang.he*.yo
這道魚料理有點奇怪。

이 고기가 너무 질깁니다.
i/go.gi.ga/no*.mu/jil.gim.ni.da
這個肉太硬了。

제 수프가 식었어요.
je/su.peu.ga/si.go*.sso*.yo
我的湯冷掉了。

이 요리는 너무 짜군요.
i/yo.ri.neun/no*.mu/jja.gu.nyo
這道菜太鹹了。

수프에 이상한 게 들어있는데요.
su.peu.e/i.sang.han/ge/deu.ro*.in.neun.de.yo
湯裡面有奇怪的東西。

이 음식이 너무 매워요.
i/eum.si.gi/no*.mu/me*.wo.yo
這個太辣了。

이건 제 입맛에 안 맞아요.
i.go*n/je/im.ma.se/an/ma.ja.yo
這不合我的胃口。

맛이 하나도 없잖아요.
ma.si/ha.na.do/o*p.jja.na.yo
一點也不好吃嘛！

相關單字

야채	拼音 ya.che*	中譯 蔬菜
시금치	拼音 si.geum.chi	中譯 菠菜
당근	拼音 dang.geun	中譯 紅蘿蔔
오이	拼音 o.i	中譯 小黃瓜
배추	拼音 be*.chu	中譯 白菜
고추	拼音 go.chu	中譯 辣椒
무	拼音 mu	中譯 蘿蔔
감자	拼音 gam.ja	中譯 馬鈴薯
송이	拼音 song.i	中譯 香菇
상추	拼音 sang.chu	中譯 生菜
돼지고기	拼音 dwe*.ji.go.gi	中譯 豬肉

닭고기	拼音 dal.go.gi
	中譯 雞肉
양고기	拼音 yang.go.gi
	中譯 羊肉
소고기	拼音 so.go.gi
	中譯 牛肉
소시지	拼音 so.si.ji
	中譯 香腸
갈비	拼音 gal.bi
	中譯 排骨
삼겹살	拼音 sam.gyo*p.ssal
	中譯 五花肉
계란	拼音 gye.ran
	中譯 雞蛋
해산물	拼音 he*.san.mul
	中譯 海產
조개류	拼音 jo.ge*.ryu
	中譯 貝類
생선	拼音 se*ng.so*n
	中譯 魚
새우	拼音 se*.u
	中譯 蝦子
가리비	拼音 ga.ri.bi
	中譯 干貝
굴	拼音 gul
	中譯 牡蠣
다시마	拼音 da.si.ma
	中譯 海帶
게	拼音 ge
	中譯 螃蟹

오징어
拼音 o.jing.o*
中譯 魷魚

김
拼音 gim
中譯 紫菜

전복
拼音 jo*n.bok
中譯 鮑魚

바지락
拼音 ba.ji.rak
中譯 蛤仔

낙지
拼音 nak.jji
中譯 烏賊

우렁이
拼音 u.ro*ng.i
中譯 田螺

해파리
拼音 he*.pa.ri
中譯 海蜇皮

해삼
拼音 he*.sam
中譯 海參

用餐服務

關鍵短句

> 저기요, 젓가락을 바꿔 주세요.
> jo*.gi.yo//jo*t.ga.ra.geul/ba.gwo/ju.se.yo
> 服務員，請幫我換雙筷子。

解說

「 - (으)세요」表示有禮貌地請求對方做某事，相當於中文的「請你...」。

實用例句

저기요, 커피를 한 잔 더 주시겠습니까?
jo*.gi.yo//ko*.pi.reul/han/jan/do*/ju.si.get.
sseum.ni.ga
服務員，可以再給我一杯咖啡嗎？

숟가락을 바닥에 떨어뜨렸습니다.
sut.ga.ra.geul/ba.da.ge/do*.ro*.deu.ryo*t.
sseum.ni.da
我的湯匙掉在地上了。

물 좀 더 주세요.
mul/jom/do*/ju.se.yo
請再拿水給我。

먹는 법을 가르쳐 주시겠어요?
mo*ng.neun/bo*.beul/ga.reu.cho*/ju.si.ge.sso*.
yo
可以教我吃的方法嗎？

반찬을 좀 더 주세요.
ban.cha.neul/jjom/do*/ju.se.yo
請再給我一些小菜。

티슈 좀 갖다 주세요.
ti.syu/jom/gat.da/ju.se.yo
請拿餐巾紙給我。

재떨이를 주세요.
je*.do*.ri.reul/jju.se.yo
請給我菸灰缸。

식탁 좀 치워 주시겠습니까?
sik.tak/jom/chi.wo/ju.si.get.sseum.ni.ga
可以幫我收拾餐桌嗎？

아가씨, 이쑤시개 있습니까?
a.ga.ssi/i.ssu.si.ge*/it.sseum.ni.ga
小姐，這裡有牙籤嗎？

테이블을 치워주세요.
te.i.beu.reul/chi.wo.ju.se.yo
請清理一下桌子。

남은 요리는 가지고 가시겠습니까?
na.meun/yo.ri.neun/ga.ji.go/ga.si.get.sseum.

ni.ga
剩下的菜您要帶回去嗎？

손님, 필요한 것이 있습니까?
son.nim//pi.ryo.han/go*.si/it.sseum.ni.ga
客人，您有需要些什麼嗎？

이 음식을 봉지에 넣어 주시겠습니까?
i/eum.si.geul/bong.ji.e/no*.o*/ju.si.get.sseum.
ni.ga
可以幫我把這道菜裝到袋子裡嗎？

물수건 주세요.
mul.su.go*n/ju.se.yo
請給我濕紙巾。

숟가락 하나 더 주시겠어요?
sut.ga.rak/ha.na/do*/ju.si.ge.sso*.yo
可以再給我一個湯匙嗎？

相關單字

간장	拼音 gan.jang
	中譯 醬油
화학조미료	拼音 hwa.hak.jjo.mi.ryo
	中譯 味精
소금	拼音 so.geum
	中譯 鹽巴

고추장	拼音 go.chu.jang
	中譯 辣椒醬
식초	拼音 sik.cho
	中譯 食用醋
식용유	拼音 si.gyong.nyu
	中譯 食用油
고추가루	拼音 go.chu.ga.ru
	中譯 辣椒粉
후춧가루	拼音 hu.chut.ga.ru
	中譯 胡椒粉
설탕	拼音 so*l.tang
	中譯 糖
참깨	拼音 cham.ge*
	中譯 芝麻
소스	拼音 so.seu
	中譯 醬汁
겨자	拼音 gyo*.ja
	中譯 芥末
머스타드	拼音 mo*.seu.ta.deu
	中譯 芥末醬
케찹	拼音 ke.chap
	中譯 番茄醬

用餐話題

解答妙句

식기 전에 빨리 드세요.
sik.gi/jo*.ne/bal.li/deu.se.yo
趁熱快享用。

解說

「 - 기 전에」表示在某一動作或做某一行為之前，相當於中文的「在...之前」。

實用例句

소금 좀 건네 주시겠어요?
so.geum/jom/go*n.ne/ju.si.ge.sso*.yo
可以拿鹽巴給我嗎？

이건 잘못 시켰네요. 맛이 없어요.
i.go*n/jal.mot/si.kyo*n.ne.yo//ma.si/o*p.sso*.yo
這個點錯了。不好吃。

참 맛있겠는데요.
cham/ma.sit.gen.neun.de.yo
看起來真好吃呢！

이걸 먹어 보세요.
i.go*l/mo*.go*/bo.se.yo
你吃吃看這個。

먹겠습니다.
mo*k.get.sseum.ni.da
我開動了。

맛있네요.
ma.sin.ne.yo
很好吃耶！

잘 먹었습니다.
jal/mo*.go*t.sseum.ni.da
我吃飽了。

배 불러요. 더 이상 못 먹겠어요.
be*/bul.lo*.yo//do*/i.sang/mot/mo*k.ge.sso*.yo
我吃飽了，再也吃不下了。

어느 것이 맛있나요?
o*.neu/go*.si/ma.sin.na.yo
哪一個好吃？

여기는 싸고 맛있기 때문에 항상 붐벼요.
yo*.gi.neun/ssa.go/ma.sit.gi/de*.mu.ne/hang.
sang/bum.byo*.yo
這裡便宜又好吃，所以總是人很多。

음식은 맛있지만 서비스가 별로 좋지 않군요.
eum.si.geun/ma.sit.jji.man/so*.bi.seu.ga/byo*l.

lo/jo.chi/an.ku.nyo
東西雖然好吃，服務卻不怎麼好。

相關單字

비비다	拼音 bi.bi.da
	中譯 涼拌
끓이다	拼音 geu.ri.da
	中譯 熬煮
절이다	拼音 jo*.ri.da
	中譯 腌
삶다	拼音 sam.da
	中譯 煮
볶다	拼音 bok.da
	中譯 炒
튀기다	拼音 twi.gi.da
	中譯 炸
지지다	拼音 ji.ji.da
	中譯 煎
굽다	拼音 gup.da
	中譯 烤
찌다	拼音 jji.da
	中譯 蒸
섞다	拼音 so*k.da
	中譯 攪拌
썰다	拼音 sso*l.da
	中譯 切

벗기다	拼音 bo*t.gi.da
	中譯 剝 / 削
빗다	拼音 bit.da
	中譯 捏 / 揉 / 包
씻다	拼音 ssit.da
	中譯 洗
찧다	拼音 jji.ta
	中譯 搗碎

結帳

제가 사겠습니다.
je.ga/sa.get.sseum.ni.da
我來付錢。

「제가 사겠습니다」有「我來付錢」或「我請客」的意思，你也可以說「제가 내겠습니다」。

實用例句

계산서를 주시겠습니까?
gye.san.so*.reul/jju.si.get.sseum.ni.ga
可以給我帳單嗎？

계산서를 부탁합니다.
gye.san.so*.reul/bu.ta.kam.ni.da
請給我帳單。

따로따로 계산해 주세요.
da.ro.da.ro/gye.san.he*/ju.se.yo
請分開算。

모두 얼마입니까?
mo.du/o*l.ma.im.ni.ga
總共多少錢？

돈이 여기 있습니다. 잔돈 가지세요.
do.ni/yo*.gi/it.sseum.ni.da//jan.don/ga.ji.se.yo
錢在這裡，不用找零了。

잘 드셨습니까?
jal/deu.syo*t.sseum.ni.ga
您吃飽了嗎？

제가 지불하겠습니다.
je.ga/ji.bul.ha.get.sseum.ni.da
我來付錢。

어디에서 지불합니까?
o*.di.e.so*/ji.bul.ham.ni.ga
在哪裡結帳？

각자 지불합시다.
gak.jja/ji.bul.hap.ssi.da
我們各自付款吧。

영수증을 주세요.
yo*ng.su.jeung.eul/jju.se.yo
請給我收據。

서비스료가 포함되어 있습니까?
so*.bi.seu.ryo.ga/po.ham.dwe.o*/it.sseum.ni.ga
有包含服務費嗎？

서비스료 포함 5만5천원입니다.
so*.bi.seu.ryo/po.ham/o.ma.no.cho*.nwo.nim.ni.da
包含服務費是5萬5千韓元。

식탁보	拼音 sik.tak.bo
	中譯 餐桌布
컵	拼音 ko*p
	中譯 杯
포크	拼音 po.keu
	中譯 叉
칼	拼音 kal
	中譯 刀
스푼	拼音 seu.pun
	中譯 湯匙
접시	拼音 jo*p.ssi
	中譯 盤子
그릇	拼音 geu.reut
	中譯 餐具 / 碗盤
물병	拼音 mul.byo*ng
	中譯 水瓶
냅킨	拼音 ne*p.kin
	中譯 餐巾
포도주잔	拼音 po.do.ju.jan
	中譯 紅酒杯

이쑤시개	拼音 i.ssu.si.ge*
	中譯 **牙籤**
쟁반	拼音 je*ng.ban
	中譯 **托盤**
계산서	拼音 gye.san.so*
	中譯 **帳單**
영수증	拼音 yo*ng.su.jeung
	中譯 **收據**

速食店

關鍵短句

여기서 드실건가요?
yo*.gi.so*/deu.sil.go*n.ga.yo
您要內用嗎?

解說

「여기서」是여기에서的縮寫用法。

實用例句

실례합니다. 이 근처에 패스트푸드점이 있습니까?
sil.lye.ham.ni.da//i/geun.cho*.e/pe*.seu.teu.pu.deu.jo*.mi/it.sseum.ni.ga
不好意思，請問這附近有速食餐飲店嗎？

1번 세트로 주세요.
il.bo*n/se.teu.ro/ju.se.yo
請給我一號餐。

콜라 큰 컵 한 잔 주세요.
kol.la/keun/ko*p/han/jan/ju.se.yo
請給我一杯大杯的可樂。

햄버거 둘 그리고 콜라 둘 주세요.
he*m.bo*.go*/dul/geu.ri.go/kol.la/dul/ju.se.yo
我要兩個漢堡兩杯可樂。

양파는 빼고 주십시오.
yang.pa.neun/be*.go/ju.sip.ssi.o
請幫我拿掉洋蔥。

치즈 버거 하나랑 프라이드 치킨 하나 주세요.
chi.jeu/bo*.go*/ha.na.rang/peu.ra.i.deu/chi.kin/
ha.na/ju.se.yo
請給我一個起司漢堡和一個炸雞。

어디서 주문해야 합니까?
o*.di.so*/ju.mun.he*.ya/ham.ni.ga
我該在哪裡點餐？

음료수는 뭘로 하시겠어요?
eum.nyo.su.neun/mwol.lo/ha.si.ge.sso*.yo
您飲料要喝什麼？

콜라를 부탁합니다.
kol.la.reul/bu.ta.kam.ni.da
我要可樂。

큰 것과 작은 것 중 어느 것으로 드릴까요?
keun/go*t.gwa/ja.geun/go*t/jung/o*.neu/go*.
seu.ro/deu.ril.ga.yo
您要大杯的還是小杯的？

작은 것으로 주세요.
ja.geun/go*.seu.ro/ju.se.yo
請給我小杯的。

케첩은 두 개 주세요.
ke.cho*.beun/du/ge*/ju.se.yo
請給我兩包番茄醬。

핫도그를 주세요.
hat.do.geu.reul/jju.se.yo
請給我熱狗。

햄버거와 아이스커피를 주세요.
he*m.bo*.go*.wa/a.i.seu.ko*.pi.reul/jju.se.yo
請給我漢堡和冰咖啡。

샐러드 하나 주세요.
se*l.lo*.deu/ha.na/ju.se.yo
我要一份沙拉。

치킨버거 하나 주세요.
chi.kin.bo*.go*/ha.na/ju.se.yo
請給我一個炸雞漢堡。

여기서 드시겠습니까, 아니면 가지고 가시겠습니까?
yo*.gi.so*/deu.si.get.sseum.ni.ga//a.ni.myo*n/ga.ji.go/ga.si.get.sseum.ni.ga
您要內用還是外帶？

가지고 갈 겁니다.
ga.ji.go/gal/go*m.ni.da
我要帶走。

여기에서 먹겠습니다.
yo*.gi.e.so*/mo*k.get.sseum.ni.da
我要在這裡吃。

금방 가지고 오겠습니다. 이쪽 편에서 기다려 주세요.
geum.bang/ga.ji.go/o.get.sseum.ni.da//i.jjok/pyo*.ne.so*/gi.da.ryo*/ju.se.yo
餐點會馬上拿給您，請您在這邊等候。

相關單字

맥도널드	拼音 me*k.do.no*l.deu
	中譯 麥當勞
버거킹	拼音 bo*.go*.king
	中譯 漢堡王
피자헛	拼音 pi.ja.ho*t
	中譯 必勝客
치즈 햄버거	拼音 chi.jeu/he*m.bo*.go*
	中譯 起司漢堡
프렌치 프라이	拼音 peu.ren.chi/peu.ra.i
	中譯 薯條
핫도그	拼音 hat.do.geu
	中譯 熱狗

피자	拼音 pi.ja
	中譯 **披薩**
치킨	拼音 chi.kin
	中譯 **炸雞**
베이컨	拼音 be.i.ko*n
	中譯 **培根**
샌드위치	拼音 se*n.deu.wi.chi
	中譯 **三明治**
도너츠	拼音 do.no*.cheu
	中譯 **甜甜圈**
콜라	拼音 kol.la
	中譯 **可樂**
사이다	拼音 sa.i.da
	中譯 **汽水**
쉐이크	拼音 swe.i.keu
	中譯 **奶昔**

PART4
上街購物

尋找賣場

關鍵語句

> 이 근처에 슈퍼마켓이 있습니까?
> i/geun.cho*.e/syu.po*.ma.ke.si/it.sseum.ni.ga
> 這附近有超市嗎?

解說

如果想詢問對方有沒有某樣東西時,可以使用
「~ 이/가 있습니까?」的句型。

實用例句

서울에서 가장 큰 백화점은 어디입니까?
so*.u.re.so*/ga.jang/keun/be*.kwa.jo*.meun/
o*.di.im.ni.ga
首爾最大的百貨公司在哪裡?

가장 유명한 백화점이 어디입니까?
ga.jang/yu.myo*ng.han/be*.kwa.jo*.mi/o*.di.
im.ni.ga
最有名的百貨公司在哪裡?

넥타이는 어디서 팔지요?
nek.ta.i.neun/o*.di.so*/pal.jji.yo
領帶哪裡在賣?

문구점이 어디인지 가르쳐 주시겠습니까?
mun.gu.jo*.mi/o*.di.in.ji/ga.reu.cho*/ju.si.get.
sseum.ni.ga
可以告訴我文具店在哪裡嗎？

속옷 매장은 어디입니까?
so.got/me*.jang.eun/o*.di.im.ni.ga
內衣賣場在哪裡？

이 근처에 좋은 옷 가게를 알고 있습니까?
i/geun.cho*.e/jo.eun/ot/ga.ge.reul/al.go/
it.sseum.ni.ga
你知道這附近哪裡有不錯的服飾店嗎？

기념품 매점이 어디에 있습니까?
gi.nyo*m.pum/me*.jo*.mi/o*.di.e/it.sseum.ni.ga
紀念品店在哪裡？

실례합니다. 완구 판매장을 좀 가르쳐 주시겠어
요?
sil.lye.ham.ni.da//wan.gu/pan.me*.jang.eul/
jjom/ga.reu.cho*/ju.si.ge.sso*.yo
不好意思，可以告訴我玩具賣場在哪嗎？

6층입니다. 엘리베이터 오른쪽에 있습니다.
yuk.cheung.im.ni.da//el.li.be.i.to*/o.reun.jjo.ge/
it.sseum.ni.da
在六樓，電梯在右邊。

엘리베이터는 어느 쪽이죠?
el.li.be.i.to*.neun/o*.neu/jjo.gi.jyo

電梯在哪一邊？

서적 코너는 어디예요?
so*.jo*k/ko.no*.neun/o*.di.ye.yo
書籍區在哪裡？

화장품은 어디에서 파나요?
hwa.jang.pu.meun/o*.di.e.so*/pa.na.yo
化妝品在哪裡賣？

가전 제품은 어느 쪽입니까?
ga.jo*n/je.pu.meun/o*.neu/jjo.gim.ni.ga
家電製品在哪一邊？

그것은 몇 층에 있습니까?
geu.go*.seun/myo*t/cheung.e/it.sseum.ni.ga
那個在幾樓？

여성복은 몇 층에 있습니까?
yo*.so*ng.bo.geun/myo*t/cheung.e/it.sseum.
ni.ga
女性服飾在幾樓？

식료품은 지하에 있습니까?
sing.nyo.pu.meun/ji.ha.e/it.sseum.ni.ga
食品在地下樓層嗎？

相關單字

백화점	拼音 be*.kwa.jo*m
	中譯 百貨公司
쇼핑몰	拼音 syo.ping.mol
	中譯 購物中心
슈퍼마켓	拼音 syu.po*.ma.ket
	中譯 超級市場
편의점	拼音 pyo*.nui.jo*m
	中譯 便利商店
벼룩시장	拼音 byo*.ruk.ssi.jang
	中譯 跳蚤市場
상가	拼音 sang.ga
	中譯 商業街
지하상가	拼音 ji.ha.sang.ga
	中譯 地下商街
노점	拼音 no.jo*m
	中譯 攤販
면세점	拼音 myo*n.se.jo*m
	中譯 免稅店
도매점	拼音 do.me*.jo*m
	中譯 批發商店
소매점	拼音 so.me*.jo*m
	中譯 零售商店
양품점	拼音 yang.pum.jo*m
	中譯 進口商品店
골동품점	拼音 gol.dong.pum.jo*m
	中譯 古董店
특산물 가게	拼音 teuk.ssan.mul/ga.ge
	中譯 名產專賣店

賣場招呼語

어서 오십시오. 무엇을 찾으십니까?
o*.so*/o.sip.ssi.o//mu.o*.seul/cha.jeu.sim.ni.ga
歡迎光臨，您要找什麼嗎？

「무엇을」的縮寫用法是「뭘」。

어서 오세요.
o*.so*/o.se.yo
歡迎光臨。

안녕하십니까? 무엇을 도와 드릴까요?
an.nyo*ng.ha.sim.ni.ga//mu.o*.seul/do.wa/deu.
ril.ga.yo
您好，能幫您什麼忙？

감사합니다만, 그냥 구경만 할 뿐입니다.
gam.sa.ham.ni.da.man//geu.nyang/gu.gyo*ng.
man/hal/bu.nim.ni.da
謝謝，我看看而已。

소개해 드릴 필요가 있으세요?
so.ge*.he*/deu.ril/pi.ryo.ga/i.sseu.se.yo
有需要為您做介紹嗎？

뭘 보고 싶으세요?
mwol/bo.go/si.peu.se.yo
您想看些什麼？

어서 들어와서 구경하세요.
o*.so*/deu.ro*.wa.so*/gu.gyo*ng.ha.se.yo
快進來看看。

어떤 것에 관심이 있으세요?
o*.do*n/go*.se/gwan.si.mi/i.sseu.se.yo
您對什麼感興趣？

그냥 구경하는 중입니다.
geu.nyang/gu.gyo*ng.ha.neun/jung.im.ni.da
我只是看看。

손님, 추천해 드릴까요?
son.nim//chu.cho*n.he*/deu.ril.ga.yo
客人，需要為您做推薦嗎？

천천히 구경하세요.
cho*n.cho*n.hi/gu.gyo*ng.ha.se.yo
請慢慢看。

골라 보세요.
gol.la/bo.se.yo
挑選看看。

누가 쓰실 건가요?
nu.ga/sseu.sil/go*n.ga.yo
是誰要用的呢？

이건 어떠세요?
i.go*n/o*.do*.se.yo
這個怎麼樣？

어떻습니까? 마음에 드실겁니다.
o*.do*.sseum.ni.ga//ma.eu.me/deu.sil.go*m.
ni.da
如何？你會喜歡的。

또 오세요.
do/o.se.yo
再來逛逛喔！

相關單字

사다	拼音 sa.da
	中譯 買
팔다	拼音 pal.da
	中譯 賣
구입하다	拼音 gu.i.pa.da
	中譯 購買
판매하다	拼音 pan.me*.ha.da
	中譯 銷售

고르다	拼音 go.reu.da
	中譯 挑選
구경하다	拼音 gu.gyo*ng.ha.da
	中譯 觀賞
계산하다	拼音 gye.san.ha.da
	中譯 結帳
가게 주인	拼音 ga.ge/ju.in
	中譯 老闆
점원	拼音 jo*.mwon
	中譯 店員
손님	拼音 son.nim
	中譯 客人
고객	拼音 go.ge*k
	中譯 顧客
단골	拼音 dan.gol
	中譯 常客
창고	拼音 chang.go
	中譯 倉庫
제품	拼音 je.pum
	中譯 產品
상품	拼音 sang.pum
	中譯 商品
카운터	拼音 ka.un.to*
	中譯 櫃台
영업 중	拼音 yo*ng.o*p/jung
	中譯 營業中

服飾店

關鍵短句

(미니스커트를 사고 싶습니다.
mi.ni.seu.ko*.teu.reul/ssa.go/sip.sseum.ni.da
我想買迷你裙。)

解說

「 - 고 싶다」表示談話者的希望、願望，相當
於中文的「想要...」。

實用例句

긴 치마를 보고 싶습니다.
gin/chi.ma.reul/bo.go/sip.sseum.ni.da
我想看看長裙。

남성복을 사고 싶은데 어디서 팔아요?
nam.so*ng.bo.geul/ssa.go/si.peun.de/o*.di.so*/
pa.ra.yo
我想買男性服飾，哪裡有賣呢？

다른 색깔로 보여 주세요.
da.reun/se*k.gal.lo/bo.yo*/ju.se.yo
請給我看其他顏色。

입어봐도 될까요?
i.bo*.bwa.do/dwel.ga.yo
我可以試穿嗎?

탈의실이 어디에 있습니까?
ta.rui.si.ri/o*.di.e/it.sseum.ni.ga
試衣間在哪裡?

탈의실은 저 쪽입니다.
ta.rui.si.reun/jo*/jjo.gim.ni.da
試衣間在那邊。

거울을 보여 주십시오.
go*.u.reul/bo.yo*/ju.sip.ssi.o
請給我照鏡子。

어떤 사이즈가 필요합니까?
o*.do*n/sa.i.jeu.ga/pi.ryo.ham.ni.ga
你需要什麼尺寸?

사이즈가 맞는지 한번 입어 보세요.
sa.i.jeu.ga/man.neun.ji/han.bo*n/i.bo*/bo.se.yo
請試穿看看尺寸合不合適。

손님에게 잘 어울립니다.
son.ni.me.ge/jal/o*.ul.lim.ni.da
很適合客人您呢!

이것으로 작은 사이즈가 있습니까?
i.go*.seu.ro/ja.geun/sa.i.jeu.ga/it.sseum.ni.ga
這個有小的尺寸嗎?

이 옷 흰색으로 있나요?
i/ot/hin.se*.geu.ro/in.na.yo
這件衣服有白色嗎?

이 바지 빨면 줄어들지 않나요?
i/ba.ji/bal.myo*n/ju.ro*.deul.jji/an.na.yo
這件褲子洗了之後會縮小嗎?

옷감 재질이 뭐예요?
ot.gam/je*.ji.ri/mwo.ye.yo
衣料的材質是什麼?

이건 따로 팝니까?
i.go*n/da.ro/pam.ni.ga
這個有另外賣嗎?

이 청바지는 맞지 않습니다. 다른 사이즈를 입어
보겠습니다.
i/cho*ng.ba.ji.neun/mat.jji/an.sseum.ni.da//
da.reun/sa.i.jeu.reul/i.bo*.bo.get.sseum.ni.da
這件牛仔褲不合身,我穿看看別的SIZE。

이 옷은 더 큰 사이즈가 있습니까?
i/o.seun/do*/keun/sa.i.jeu.ga/it.sseum.ni.ga
這件衣服有大號的尺寸嗎?

이 셔츠 L사이즈로도 있나요?
i/syo*.cheu/l.sa.i.jeu.ro.do/in.na.yo
這襯衫有L號嗎?

이 옷 M사이즈 빨간 색을 찾고 있습니다.

i/ot/m.sa.i.jeu/bal.gan/se*.geul/chat.go/
it.sseum.ni.da
我在找這件衣服的紅色M號的尺寸。

사이즈를 모릅니다. 재어 주시겠습니까?
sa.i.jeu.reul/mo.reum.ni.da//je*.o*/ju.si.get.
sseum.ni.ga
我不知道我自己的尺寸，可以幫我量看看嗎？

허리부분이 좀 끼는군요.
ho*.ri.bu.bu.ni/jom/gi.neun.gu.nyo
腰的部分有點緊。

여기서 바지 사면 무료로 수선도 해 주나요?
yo*.gi.so*/ba.ji/sa.myo*n/mu.ryo.ro/su.so*n.do/
he*/ju.na.yo
在這裡買褲子有免費幫人修改嗎？

그걸 좀 보여 주세요.
geu.go*l/jom/bo.yo*/ju.se.yo.
請給我看看那個。

相關單字

옷 가게
拼音 ot/ga.ge
中譯 服飾店

옷감
拼音 ot.gam
中譯 衣料

면질	拼音 myo*n.jil
	中譯 棉質
섬유	拼音 so*.my
	中譯 纖維
나일론	拼音 na.il.lon
	中譯 尼龍
아마포	拼音 a.ma.po
	中譯 亞麻布
양털	拼音 yang.to*l
	中譯 羊毛
울	拼音 ul
	中譯 羊毛料
가죽	拼音 ga.juk
	中譯 皮革
실크	拼音 sil.keu
	中譯 絲
옷	拼音 ot
	中譯 衣服
복식	拼音 bok.ssik
	中譯 服飾
잠옷	拼音 ja.mot
	中譯 睡衣
셔츠	拼音 syo*.cheu
	中譯 襯衫
티셔츠	拼音 ti.syo*.cheu
	中譯 T恤
스웨터	拼音 seu.we.to*
	中譯 毛衣
오버 코트	拼音 o.bo*/ko.teu
	中譯 長大衣

모피 코트	拼音 mo.pi/ko.teu
	中譯 毛皮大衣
외투	拼音 we.tu
	中譯 外套
바지	拼音 ba.ji
	中譯 褲子
치마	拼音 chi.ma
	中譯 裙子
원피스	拼音 won.pi.seu
	中譯 連身洋裝
임부복	拼音 im.bu.bok
	中譯 孕婦裝
아동복	拼音 a.dong.bok
	中譯 兒童服
커플룩	拼音 ko*.peul.luk
	中譯 情侶裝
자켓	拼音 ja.ket
	中譯 夾克
후드티	拼音 hu.deu.ti
	中譯 連帽厚T
청바지	拼音 cho*ng.ba.ji
	中譯 牛仔褲
반바지	拼音 ban.ba.ji
	中譯 短褲
긴바지	拼音 gin.ba.ji
	中譯 長褲
미니스커트	拼音 mi.ni.seu.ko*.teu
	中譯 迷你裙
주름치마	拼音 ju.reum.chi.ma
	中譯 百褶裙

조끼	拼音 jo.gi
	中譯 **背心**
타이츠	拼音 ta.i.cheu
	中譯 **內搭褲**
속옷	拼音 so.got
	中譯 **內衣**
브래지어	拼音 beu.re*.ji.o*
	中譯 **胸罩**
팬티	拼音 pe*n.ti
	中譯 **內褲**
양복	拼音 yang.bok
	中譯 **西裝**

鞋子店

Track 036

예쁜 하이힐을 찾고 있습니다.
ye.beun/ha.i.hi.reul/chat.go/it.sseum.ni.da
我在找漂亮的高跟鞋。

「- 고 있다」表示某一動作的進行或持續，相
當於中文的「正在...」。

이것 좀 신어 봐도 될까요?
i.go*t/jom/si.no*/bwa.do/dwel.ga.yo
這個我可以試穿看看嗎？

신발 좀 보려고요.
sin.bal/jjom/bo.ryo*.go.yo
我想看看鞋子。

어떤 스타일의 신발을 찾고 계십니까?
o*.do*n/seu.ta.i.rui/sin.ba.reul/chat.go/gye.sim.ni.ga
您在找什麼樣式的鞋子？

다른 사이즈를 주세요.
da.reun/sa.i.jeu.reul/jju.se.yo
請給我別的尺寸。

사이즈가 어떻게 되시죠?
sa.i.jeu.ga/o*.do*.ke/dwe.si.jyo
您的尺寸是多少？

제 발 사이즈에 맞는 구두 있나요?
je/bal/ssa.i.jeu.e/man.neun/gu.du/in.na.yo
有適合我尺寸的鞋子嗎？

이 신발 잘 맞습니까?
i/sin.bal/jjal/mat.sseum.ni.ga
這雙鞋合腳嗎？

너무 큽니다.
no*.mu/keum.ni.da
太大了。

너무 낍니다.
no*.mu/gim.ni.da
太緊了。

제게 너무 큽니다. 조금 더 작은 것은 없습니까?
je.ge/no*.mu/keum.ni.da//jo.geum/do*/ja.geun/
go*.seun/o*p.sseum.ni.ga
我穿太大雙了，有再小號一點的嗎？

세일 중인 신발들이 어떤 건가요?
se.il/jung.in/sin.bal.deu.ri/o*.do*n/go*n.ga.yo

特價中的鞋子是哪些呢？

어떤 색깔을 좋아하세요?
o*.do*n/se*k.ga.reul/jjo.a.ha.se.yo
您喜歡哪種顏色呢？

다른 색깔은 없습니까?
da.reun/se*k.ga.reun/o*p.sseum.ni.ga
沒有其他顏色嗎？

相關單字

구두점	拼音 gu.du.jo*m	
	中譯 皮鞋店	
신발	拼音 sin.bal	
	中譯 鞋子	
구두	拼音 gu.du	
	中譯 皮鞋	
하이힐	拼音 ha.i.hil	
	中譯 高跟鞋	
운동화	拼音 un.dong.hwa	
	中譯 運動鞋	
등산화	拼音 deung.san.hwa	
	中譯 登山鞋	
슬리퍼	拼音 seul.li.po*	
	中譯 拖鞋	
샌들	拼音 se*n.deul	
	中譯 涼鞋	

부츠	拼音 bu.cheu
	中譯 **靴子**
롱부츠	拼音 rong.bu.cheu
	中譯 **長筒靴**
신발 밑바닥	拼音 sin.bal/mit.ba.dak
	中譯 **鞋底**
구두끈	拼音 gu.du.geun
	中譯 **鞋帶**
힐	拼音 hil
	中譯 **鞋跟**
구두약	拼音 gu.du.yak
	中譯 **鞋油**

Track 037

飾品店

購錢短句

이것은 은으로 만들어졌습니다.
i.go*.seun/eu.neu.ro/man.deu.ro*.jo*t.
sseum.ni.da
這是銀製成的。

解說

助詞「(으)로」在這裡表示材料或原料。

이것은 무슨 보석입니까?
i.go*.seun/mu.seun/bo.so*.gim.ni.ga
這是什麼寶石？

이 목걸이는 어떠세요?
i/mok.go*.ri.neun/o*.do*.se.yo
這條項鍊怎麼樣？

저 다이아 목걸이는 얼마입니까?
jo*/da.i.a/mok.go*.ri.neun/o*l.ma.im.ni.ga
那條鑽石項鍊多少錢？

이 팔찌는 예쁘군요. 얼마입니까?

i/pal.jji.neun/ye.beu.gu.nyo//o*l.ma.im.ni.ga
這手鍊很漂亮呢！多少錢？

이건 너무 아름답습니다. 얼마예요?
i.go*n/no*.mu/a.reum.dap.sseum.ni.da//o*l.
ma.ye.yo
這個好美，多少錢？

저 목걸이 좀 보고 싶습니다.
jo*/mok.go*.ri/jom/bo.go/sip.sseum.ni.da
我想看一下那條項鍊。

이 목걸이를 한 번 걸어봐도 될까요?
i/mok.go*.ri.reul/han/bo*n/go*.ro*.bwa.do/dwel.
ga.yo
我可以試戴看看這條項鍊嗎？

이 금반지는 진짜인가요? 아니면 모조품인가
요?
i/geum.ban.ji.neun/jin.jja.in.ga.yo//a.ni.myo*n/
mo.jo.pu.min.ga.yo
這金戒指是真的嗎？還是仿冒品？

이 귀걸이는 천연 진주로 만들었습니다.
i/gwi.go*.ri.neun/cho*.nyo*n/jin.ju.ro/man.deu.
ro*t.sseum.ni.da
這付耳環是用天然珍珠製成的。

숙녀용 액세서리 카운터가 어디에 있습니까?
sung.nyo*.yong/e*k.sse.so*.ri/ka.un.to*.ga/
o*.di.e/it.sseum.ni.ga

女生飾品專櫃在哪裡？

저는 커플링을 찾고 있습니다.
jo*.neun/ko*.peul.ling.eul/chat.go/it.sseum.
ni.da
我在找情侶對戒。

청혼 반지를 사고 싶습니다.
cho*ng.hon/ban.ji.reul/ssa.go/sip.sseum.ni.da
我想買求婚戒指。

예쁜 발찌를 보여 주십시오.
ye.beun/bal.jji.reul/bo.yo*/ju.sip.ssi.o
請給我看看漂亮的腳鍊。

뭘 권하시겠습니까?
mwol/gwon.ha.si.get.sseum.ni.ga
您推薦什麼呢？

相關單字

반지	拼音 ban.ji
	中譯 戒指
목걸이	拼音 mok.go*.ri
	中譯 項鍊
귀걸이	拼音 gwi.go*.ri
	中譯 耳環

액세서리	拼音 e*k.sse.so*.ri
	中譯 飾品
팔찌	拼音 pal.jji
	中譯 手鍊
발찌	拼音 bal.jji
	中譯 腳鍊
뱅글	拼音 be*ng.geul
	中譯 手鐲
브로치	拼音 beu.ro.chi
	中譯 胸針
펜던트	拼音 pen.do*n.teu
	中譯 鍊墜
다이아몬드	拼音 da.i.a.mon.deu
	中譯 鑽石
수정	拼音 su.jo*ng
	中譯 水晶
자수정	拼音 ja.su.jo*ng
	中譯 紫水晶
루비	拼音 ru.bi
	中譯 紅寶石
석류석	拼音 so*ng.nyu.so*k
	中譯 石榴石
청옥	拼音 cho*ng.ok
	中譯 藍寶石 / 青玉
에메랄드	拼音 e.me.ral.deu
	中譯 綠寶石
묘안석	拼音 myo.an.so*k
	中譯 貓眼石
경옥	拼音 gyo*ng.ok
	中譯 硬玉

옥	拼音 ok
	中譯 **玉**
진주	拼音 jin.ju
	中譯 **珍珠**
순금	拼音 sun.geum
	中譯 **純金**
순은	拼音 su.neun
	中譯 **純銀**
보석점	拼音 bo.so*k.jjo*m
	中譯 **珠寶店**

化妝品店

Track 038

關鍵短句

어머님에게 줄 화장품을 찾습니다.
o*.mo*.ni.me.ge/jul/hwa.jang.pu.meul/chat.
sseum.ni.da
我在找送給媽媽的化妝品。

解說

助詞「에게」在這裡表示受到某個行為所影響的對象。

實用例句

화장품 코너는 어디에 있습니까?
hwa.jang.pum/ko.no*.neun/o*.di.e/it.sseum.
ni.ga
請問化妝品區在哪裡？

화장품을 보고 싶습니다.
hwa.jang.pu.meul/bo.go/sip.sseum.ni.da
我想看看化妝品。

미백 마스크 팩 좀 보여 주세요.
mi.be*k/ma.seu.keu/pe*k/jom/bo.yo*/ju.se.yo
請給我看看美白面膜。

썬크림 있으세요?
sso*n.keu.rim/i.sseu.se.yo
有防曬乳嗎？

아이라이너가 필요합니다.
a.i.ra.i.no*.ga/pi.ryo.ham.ni.da
我需要眼線筆。

여기 바디 로션을 팝니까?
yo*.gi/ba.di/ro.syo*.neul/pam.ni.ga
這裡有賣身體乳液嗎？

분홍 색 매니큐어를 보여 주실래요?
bun.hong/se*k/me*.ni.kyu.o*.reul/bo.yo*/ju.sil.
le*.yo
可以給我看看粉紅色的指甲油嗎？

보라색 아이섀도우를 주십시오.
bo.ra.se*k/a.i.sye*.do.u.reul/jju.sip.ssi.o
請給我紫色的眼影。

제 피부는 건성이에요.
je/pi.bu.neun/go*n.so*ng.i.e.yo
我皮膚是乾性的。

오렌지 색 립글로스는 제게 어울리는 것 같습니
다.
o.ren.ji/se*k/rip.geul.lo.seu.neun/je.ge/o*.ul.
li.neun/go*t/gat.sseum.ni.da
橘色的唇彩好像比較適合我。

어떤 피부를 가지고 계세요?
o*.do*n/pi.bu.reul/ga.ji.go/gye.se.yo
您是什麼膚質呢？

립스틱을 찾고 있습니다.
rip.sseu.ti.geul/chat.go/it.sseum.ni.da
我在找口紅。

지금 이 향수를 세일하고 있습니다.
ji.geum/i/hyang.su.reul/sse.il.ha.go/it.sseum.
ni.da
現在這瓶香水在打折。

민감성 피부도 사용 가능합니다.
min.gam.so*ng/pi.bu.do/sa.yong/ga.neung.
ham.ni.da
敏感性肌膚也可以使用。

발라봐도 됩니까?
bal.la.bwa.do/dwem.ni.ga
我可以試擦看看嗎？

이 샘플을 발라보세요.
i/se*m.peu.reul/bal.la.bo.se.yo
請試擦看看這個試用品。

이 에센스를 여드름 피부에 바르면 자극이 되지
않을까요?
i/e.sen.seu.reul/yo*.deu.reum/pi.bu.e/ba.reu.
myo*n/ja.geu.gi/dwe.ji/a.neul.ga.yo
這瓶精華液擦在痘痘肌膚上不會刺激嗎？

드럭스토어	拼音 deu.ro*k.sseu.to.o*
	中譯 藥妝店
화장품	拼音 hwa.jang.pum
	中譯 化妝品
파운데이션	拼音 pa.un.de.i.syo*n
	中譯 粉底霜
아이라이너	拼音 a.i.ra.i.no*
	中譯 眼線筆
마스카라	拼音 ma.seu.ka.ra
	中譯 睫毛膏
립스틱	拼音 rip.sseu.tik
	中譯 口紅
립글로스	拼音 rip.geul.lo.seu
	中譯 唇彩
볼터치	拼音 bol.to*.chi
	中譯 腮紅
아이섀도우	拼音 a.i.sye*.do.u
	中譯 眼影
인조 눈썹	拼音 in.jo/nun.sso*p
	中譯 假睫毛
썬크림	拼音 sso*n.keu.rim
	中譯 防曬乳
화운데이션	拼音 hwa.un.de.i.syo*n
	中譯 粉底液
컨실러	拼音 ko*n.sil.lo*
	中譯 遮瑕
아이브로우 펜슬	拼音 a.i.beu.ro.u/pen.seul
	中譯 眉筆

눈썹뷰러	拼音 nun.sso*p.byu.ro*
	中譯 睫毛夾
브러쉬	拼音 beu.ro*.swi
	中譯 腮紅刷
분첩	拼音 bun.cho*p
	中譯 粉撲
립 라이너	拼音 rip/ra.i.no*
	中譯 唇線筆
눈썹 칼	拼音 nun.sso*p/kal
	中譯 修眉刀
화장솜	拼音 hwa.jang.som
	中譯 化妝棉
에센스	拼音 e.sen.seu
	中譯 精華液
보톡스	拼音 bo.tok.sseu
	中譯 玻尿酸
스킨	拼音 seu.kin
	中譯 化妝水
로션	拼音 ro.syo*n
	中譯 乳液
아이크림	拼音 a.i.keu.rim
	中譯 眼霜
립케어	拼音 rip.ke.o*
	中譯 護唇膏
마스크 팩	拼音 ma.seu.keu/pe*k
	中譯 面膜
모이스쳐 크림	拼音 mo.i.seu.cho*/keu.rim
	中譯 保濕霜
핸드크림	拼音 he*n.deu.keu.rim
	中譯 護手霜

각질 제거제 　拼音 gak.jjil/je.go*.je
　中譯 **去角質劑**

클렌징 오일 　拼音 keul.len.jing/o.il
　中譯 **卸妝油**

훼이셜 클렌저 　拼音 hwe.i.syo*l/keul.len.jo*
　中譯 **洗面乳**

향수 　拼音 hyang.su
　中譯 **香水**

남성향수 　拼音 nam.so*ng.hyang.su
　中譯 **古龍水**

各種雜貨

歸納短句

손가방을 파나요?
son.ga.bang.eul/pa.na.yo
有賣手提包嗎？

解說

當語幹末音的「ㄹ」出現在「ㄴ、ㄹ、ㅂ、
ㅅ」開頭的語尾前方時會脫落。

實用例句

저 모자 좀 보여 주세요.
jo*/mo.ja/jom/bo.yo*/ju.se.yo
給我看那頂帽子。

예쁜 가방 몇 개를 추천해 주세요.
ye.beun/ga.bang/myo*t/ge*.reul/chu.cho*n.he*/
ju.se.yo
請介紹幾個漂亮的包包。

가죽제품이 있습니까?
ga.juk.jje.pu.mi/it.sseum.ni.ga
有皮革製品嗎？

책가방을 보고 싶은데요.
che*k.ga.bang.eul/bo.go/si.peun.de.yo
我想看書包。

저 펜 좀 보고 싶은데요.
jo*/pen/jom/bo.go/si.peun.de.yo
我想看看那隻筆。

이것 좀 써 봐도 될까요?
i.go*t/jom/sso*/bwa.do/dwel.ga.yo
可以試寫看看嗎？

이 모자의 가격은 얼마입니까?
i/mo.ja.ui/ga.gyo*.geun/o*l.ma.im.ni.ga
這頂帽子的價格是多少？

이 선글라스 써 봐도 될까요?
i/so*n.geul.la.seu/sso*/bwa.do/dwel.ga.yo
我可以試戴這副太陽眼鏡嗎？

삼만원 정도의 손목 시계는 없습니까?
sam.ma.nwon/jo*ng.do.ui/son.mok/si.gye.neun/
o*p.sseum.ni.ga
沒有三萬韓元左右的手錶嗎？

넥타이핀을 사려고 하는데 여기 있습니까?
nek.ta.i.pi.neul/ssa.ryo*.go/ha.neun.de/yo*.gi/
it.sseum.ni.ga
我想買領帶夾，這裡有賣嗎？

저 목도리를 좀 봐도 될까요?

jo*/mok.do.ri.reul/jjom/bwa.do/dwel.ga.yo
我可以看看那條圍巾嗎？

相關單字

손수건	拼音 son.su.go*n
	中譯 手帕
장갑	拼音 jang.gap
	中譯 手套
넥타이	拼音 nek.ta.i
	中譯 領帶
앞치마	拼音 ap.chi.ma
	中譯 圍裙
목도리	拼音 mok.do.ri
	中譯 圍巾
숄	拼音 syol
	中譯 披肩
비옷	拼音 bi.ot
	中譯 雨衣
허리띠	拼音 ho*.ri.di
	中譯 腰帶
모자	拼音 mo.ja
	中譯 帽子
밀짚모자	拼音 mil.jim.mo.ja
	中譯 草帽
야구모자	拼音 ya.gu.mo.ja
	中譯 棒球帽

헤어 밴드	拼音 he.o*/be*n.deu
	中譯 髮帶
머리띠	拼音 mo*.ri.di
	中譯 髮箍
헤어 슈슈	拼音 he.o*/syu.syu
	中譯 髮圈
라이터	拼音 ra.i.to*
	中譯 打火機
스타킹	拼音 seu.ta.king
	中譯 絲襪
양말	拼音 yang.mal
	中譯 襪子
돈주머니	拼音 don.ju.mo*.ni
	中譯 錢包
지갑	拼音 ji.gap
	中譯 皮夾
손가방	拼音 son.ga.bang
	中譯 手提包
여행가방	拼音 yo*.he*ng.ga.bang
	中譯 旅行包
배낭	拼音 be*.nang
	中譯 背包
핸드백	拼音 he*n.deu.be*k
	中譯 手提包
가방	拼音 ga.bang
	中譯 包包
여행가방	拼音 yo*.he*ng.ga.bang
	中譯 旅行箱
파우치	拼音 pa.u.chi
	中譯 化妝包

眼鏡店

關鍵 句

제 안경이 깨졌어요.
je/an.gyo*ng.i/ge*.jo*.sso*.yo
我的眼鏡破掉了。

解說

韓文句子的過去式句型，就是將「았/었/였」加在動詞、形容詞或이다的語幹後方。

實用例句

안경을 맞추고 싶은데요.
an.gyo*ng.eul/mat.chu.go/si.peun.de.yo
我想配眼鏡。

이 안경 써 봐도 돼요?
i/an.gyo*ng/sso*/bwa.do/dwe*.yo
我可以試戴這副眼鏡嗎？

콘택트렌즈를 착용하는 방법 좀 가르쳐 주시겠어요?
kon.te*k.teu.ren.jeu.reul/cha.gyong.ha.neun/bang.bo*p/jom/ga.reu.cho*/ju.si.ge.sso*.yo
可以教我怎麼戴隱形眼鏡嗎？

도수가 높은 다른 안경들을 써 보고 싶습니다.
do.su.ga/no.peun/da.reun/an.gyo*ng.deu.reul/
sso*/bo.go/sip.sseum.ni.da
我想試戴看看其他度數較高的眼鏡。

이 안경은 제 도수에 맞지 않습니다.
i/an.gyo*ng.eun/je/do.su.e/mat.jji/an.sseum.
ni.da
這副眼鏡不符合我的度數。

相關單字

안경집	**拼音** an.gyo*ng.jip
	中譯 眼鏡行
안경	**拼音** an.gyo*ng
	中譯 眼鏡
선글라스	**拼音** so*n.geul.la.seu
	中譯 太陽眼鏡
콘텍트렌즈	**拼音** kon.tek.teu.ren.jeu
	中譯 隱形眼鏡
돋보기 안경	**拼音** dot.bo.gi/an.gyo*ng
	中譯 老花眼鏡
안경렌즈	**拼音** an.gyo*ng.nen.jeu
	中譯 鏡片
안경테	**拼音** an.gyo*ng.te
	中譯 鏡架
안경집	**拼音** an.gyo*ng.jip
	中譯 眼鏡盒

鐘錶店

關鍵短句

시계줄이 끊어져 버렸습니다.
si.gye.ju.ri/geu.no*.jo*/bo*.ryo*t.sseum.ni.da
錶帶斷掉了。

解說

「아/어 버리다」表示動詞的動作已結束而沒有其他餘地，也表示其結果或狀態和自己的期待不同。

實用例句

이 시계가 고장난 것 같아요.
i/si.gye.ga/go.jang.nan/go*t/ga.ta.yo
這個時鐘好像故障了。

좋은 손목시계 추천 좀 부탁드려요!
jo.eun/son.mok.ssi.gye/chu.cho*n/jom/bu.tak.deu.ryo*.yo
請推薦不錯的手錶給我。

손목시계를 하나 사고 싶어요. 어떤 손목시계가 괜찮죠?
son.mok.ssi.gye.reul/ha.na/sa.go/si.po*.yo//

o*.do*n/son.mok.ssi.gye.ga/gwe*n.chan.chyo
我想買一隻手錶，哪種手錶不錯呢？

相關單字

시계점
拼音 si.gye.jo*m
中譯 鐘錶店

시계
拼音 si.gye
中譯 鐘錶

손목시계
拼音 son.mok.ssi.gye
中譯 手錶

석영시계
拼音 so*.gyo*ng.si.gye
中譯 石英錶

벽시계
拼音 byo*k.ssi.gye
中譯 壁鐘

알람시계
拼音 al.lam.si.gye
中譯 鬧鐘

탁상시계
拼音 tak.ssang.si.gye
中譯 桌上型時鐘

회중시계
拼音 hwe.jung.si.gye
中譯 懷錶

시계줄
拼音 si.gye.jul
中譯 錶帶

바늘
拼音 ba.neul
中譯 指針

書局

關鍵短句

사전을 사고 싶은데 어디에 있습니까?
sa.jo*.neul/ssa.go/si.peun.de/o*.di.e/
it.sseum.ni.ga
我想買字典,請問放在哪裡?

解說

「- (으)ㄴ/는데」表示提示說明,即先提出一個
事實,然後再加以補充說明。

實用例句

서점은 어디에 있습니까?
so*.jo*.meun/o*.di.e/it.sseum.ni.ga
書局在哪裡?

한국 스타에 관한 잡지가 있습니까?
han.guk/seu.ta.e/gwan.han/jap.jji.ga/it.sseum.
ni.ga
有韓國明星的相關雜誌嗎?

영어 회화책을 찾고 있습니다.
yo*ng.o*/hwe.hwa.che*.geul/chat.go/it.sseum.
ni.da

我在找英語會話書。

제가 한국에 여행을 갈 거라서 여행 책 좀 사고
싶습니다.
je.ga/han.gu.ge/yo*.he*ng.eul/gal/go*.ra.so*/
yo*.he*ng/che*k/jom/sa.go/sip.sseum.ni.da
因為我要去韓國旅行，所以想買本旅遊書。

相關單字

서점	拼音 so*.jo*m
	中譯 書局
베스트 셀러	拼音 be.seu.teu/sel.lo*
	中譯 暢銷書
출판사	拼音 chul.pan.sa
	中譯 出版社
작가	拼音 jak.ga
	中譯 作家
독자	拼音 dok.jja
	中譯 讀者
표지	拼音 pyo.ji
	中譯 封面
목록	拼音 mong.nok
	中譯 目錄
부록	拼音 bu.rok
	中譯 附錄
신문	拼音 sin.mun
	中譯 報紙

소설	拼音 so.so*l
	中譯 小說
잡지	拼音 jap.jji
	中譯 雜誌
패션 잡지	拼音 pe*.syo*n/jap.jji
	中譯 時裝雜誌
만화책	拼音 man.hwa.che*k
	中譯 漫畫書
그림책	拼音 geu.rim.che*k
	中譯 繪本
시집	拼音 si.jip
	中譯 詩集
사전	拼音 sa.jo*n
	中譯 字典
교과서	拼音 gyo.gwa.so*
	中譯 教科書
동화책	拼音 dong.hwa.che*k
	中譯 童書
전문서적	拼音 jo*n.mun.so*.jo*k
	中譯 專業書籍
여행서	拼音 yo*.he*ng.so*
	中譯 旅遊書
백과사전	拼音 be*k.gwa.sa.jo*n
	中譯 百科全書
사진집	拼音 sa.jin.jip
	中譯 寫真集

名產店

Track 043

이곳 특산물이 무엇인가요?
i.got/teuk.ssan.mu.ri/mu.o*.sin.ga.yo
這地方的名產是什麼？

解說

「 - (으)ㄴ/는가요?」表示尊敬地詢問對方。

부모님께 드릴 특산물을 사고 싶습니다.
bu.mo.nim.ge/deu.ril/teuk.ssan.mu.reul/ssa.go/
sip.sseum.ni.da
我想買送父母的特產。

이 근처에 고려인삼을 파는 가게가 있습니까?
i/geun.cho*.e/go.ryo*.in.sa.meul/pa.neun/
ga.ge.ga/it.sseum.ni.ga
這附近有賣高麗人蔘的店嗎？

한국의 특산물은 김치, 유자차, 김, 인삼등이 있습니다.
han.gu.gui/teuk.ssan.mu.reun/gim.chi/yu.ja.
cha/gim/in.sam.deung.i/it.sseum.ni.da

韓國的名產有泡菜、柚子茶、海苔、人參等。

저기요, 이게 뭐예요?
jo*.gi.yo//i.ge/mwo.ye.yo
服務員，這是什麼？

여기 유자차도 파나요?
yo*.gi/yu.ja.cha.do/pa.na.yo
這裡也有賣柚子茶嗎？

詢問

Track 044

購物街句

이 옷은 손으로 빨아야 합니까?
i/o.seun/so.neu.ro/ba.ra.ya/ham.ni.ga
這衣服必須要用手洗嗎?

解說

助詞「(으)로」在這裡表示工具、手段及方法。

같은 스타일로 다른 색상 있어요?
ga.teun/seu.ta.il.lo/da.reun/se*k.ssang/i.sso*.
yo
一樣的樣式有其他顏色嗎?

무슨 가죽으로 만들었어요?
mu.seun/ga.ju.geu.ro/man.deu.ro*.sso*.yo
這是用什麼皮革製成的?

이 가방은 진짜 가죽으로 만든건가요?
i/ga.bang.eun/jin.jja/ga.ju.geu.ro/man.deun.
go*n.ga.yo
這包包是用真皮製成的嗎?

이건 무엇으로 만든 것입니까?
i.go*n/mu.o*.seu.ro/man.deun/go*.sim.ni.ga
這是用什麼做的？

다른 것 없습니까?
da.reun/go*t/o*p.sseum.ni.ga
沒有其他的嗎？

검은 색이 있습니까?
go*.meun/se*.gi/it.sseum.ni.ga
有黑色嗎？

다른 색이 있습니까?
da.reun/se*.gi/it.sseum.ni.ga
有其他顏色嗎？

다른 모양이 있습니까?
da.reun/mo.yang.i/it.sseum.ni.ga
有別的模樣嗎？

같은 가격으로 다른 물건은 없습니까?
ga.teun/ga.gyo*.geu.ro/da.reun/mul.go*.neun/
o*p.sseum.ni.ga
同樣的價格有其他的物品嗎？

이것은 튼튼합니까?
i.go*.seun/teun.teun.ham.ni.ga
這個堅固嗎？

다른 디자인은 있습니까?
da.reun/di.ja.i.neun/it.sseum.ni.ga

有其他的設計嗎?

이건 어떻게 쓰는 겁니까?
i.go*n/o*.do*.ke/sseu.neun/go*m.ni.ga
這個該怎麼用?

이것은 여성용입니까, 남성용입니까?
i.go*.seun/yo*.so*ng.yong.im.ni.ga//nam.so*ng.
yong.im.ni.ga
這是女生用的，還是男生用的?

세금이 포함된 가격입니까?
se.geu.mi/po.ham.dwen/ga.gyo*.gim.ni.ga
這是含稅的價格嗎?

지금 세일 중입니까?
ji.geum/se.il/jung.im.ni.ga
現在在打折嗎?

이것도 세일합니까?
i.go*t.do/se.il.ham.ni.ga
這個也在打折嗎?

어느 쇼핑몰이 세일하고 있습니까?
o*.neu/syo.ping.mo.ri/se.il.ha.go/it.sseum.ni.ga
哪家購物場所在打折?

어디에서 살 수 있죠?
o*.di.e.so*/sal/ssu/it.jjyo
在哪裡可以買的到?

품질보증기간은 몇 년입니까?
pum.jil.bo.jeung.gi.ga.neun/myo*t/nyo*.nim.
ni.ga
保固期間幾年？

상품권을 사용할 수 있습니까?
sang.pum.gwo.neul/ssa.yong.hal/ssu/it.sseum.
ni.ga
可以使用商品券嗎？

품질은 어떻습니까?
pum.ji.reun/o*.do*.sseum.ni.ga
品質怎麼樣？

이것 공짜로 받을 수 있습니까?
i.go*t/gong.jja.ro/ba.deul/ssu/it.sseum.ni.ga
這個可以免費索取嗎？

면세품 상점이 있습니까?
myo*n.se.pum/sang.jo*.mi/it.sseum.ni.ga
有免稅商店嗎？

면세로 살 수 있습니까?
myo*n.se.ro/sal/ssu/it.sseum.ni.ga
可以免稅購買嗎？

相關單字

영업 시간	拼音 yo*ng.o*p/si.gan
	中譯 營業時間
폐점 시간	拼音 pye.jo*m/si.gan
	中譯 打烊時間
매진	拼音 me*.jin
	中譯 缺貨
브랜드	拼音 beu.re*n.deu
	中譯 品牌
진열창	拼音 ji.nyo*l.chang
	中譯 展示櫥窗
인기 상품	拼音 in.gi/sang.pum
	中譯 人氣商品
진품	拼音 jin.pum
	中譯 真品
가짜 상품	拼音 ga.jja/sang.pum
	中譯 假貨
최신유행	拼音 chwe.si.nyu.he*ng
	中譯 最新流行
신제품	拼音 sin.je.pum
	中譯 新製品
샘플	拼音 se*m.peul
	中譯 樣品
품절	拼音 pum.jo*l
	中譯 售完 / 缺貨
재고품	拼音 je*.go.pum
	中譯 庫存貨
국산품	拼音 guk.ssan.pum
	中譯 國貨
체인 스토어	拼音 che.in/seu.to.o*
	中譯 連鎖店

考慮是否購買

Track 045

한 번 생각해 보고 올게요.
han/bo*n/se*ng.ga.ke*/bo.go/ol.ge.yo
我想想再過來。

解說

「-고」用來列舉兩個或兩個以上的動作，表示前面的子句動作，比後面的子句動作更早發生。

實用例句

좀 더 구경하겠습니다.
jom/do*/gu.gyo*ng.ha.get.sseum.ni.da
我再逛逛。

지금은 결정하지 못하겠습니다.
ji.geu.meun/gyo*l.jo*ng.ha.ji/mo.ta.get.sseum.ni.da
我現在還沒辦法決定。

좀더 돌아다녀 보겠습니다.
jom.do*/do.ra.da.nyo*/bo.get.sseum.ni.da
我再去逛逛。

다시 올게요.
da.si/ol.ge.yo
我會再來。

다른 곳을 좀 더 찾아보겠습니다. 고맙습니다.
da.reun/go.seul/jjom/do*/cha.ja.bo.get.sseum.
ni.da//go.map.sseum.ni.da
我再去別的地方找找看，謝謝你。

사고 싶은 물건이 없군요.
sa.go/si.peun/mul.go*.ni/o*p.gu.nyo
沒有想買的東西耶！

잠시 생각 좀 해 보겠습니다.
jam.si/se*ng.gak/jom/he*/bo.get.sseum.ni.da
我再考慮一下。

相關單字

생각하다 | 拼音 se*ng.ga.ka.da
| 中譯 想

고려하다 | 拼音 go.ryo*.ha.da
| 中譯 考慮

殺價

Track 046

關鍵語句

> 좀 더 싸게 할 수 없어요?
> jom/do*/ssa.ge/hal/ssu/o*p.sso*.yo
> 不能再便宜一點嗎?

解說

「 - (으)ㄹ 수 있다/없다」表示有無做某事的能力或可能性。

實用例句

너무 비싼 것 같네요.
no*.mu/bi.ssan/go*t/gan.ne.yo
好像太貴了呢!

값을 좀 깎아 주세요.
gap.sseul/jjom/ga.ga/ju.se.yo
請算便宜一點。

좀더 싼 것이 있습니까?
jom.do*/ssan/go*.si/it.sseum.ni.ga
有更便宜一點的嗎?

너무 비싸군요.

no*.mu/bi.ssa.gu.nyo
太貴了呢！

좀 할인해 주실 수 있습니까?
jom/ha.rin.he*/ju.sil/su/it.sseum.ni.ga
可以算便宜一點嗎？

20퍼센트 할인해 주실 수 있습니까?
i.sip.po*.sen.teu/ha.rin.he*/ju.sil/su/it.sseum.
ni.ga
可以打八折給我嗎？

4만원이라면 사겠습니다.
sa.ma.nwo.ni.ra.myo*n/sa.get.sseum.ni.da
四萬韓元的話我就買。

값을 깎아 주신다면 세 개를 사겠어요.
gap.sseul/ga.ga/ju.sin.da.myo*n/se/ge*.reul/
ssa.ge.sso*.yo
如果您算我便宜一點，我就買三個。

더 깎아 주실 수는 없나요?
do*/ga.ga/ju.sil/su.neun/o*m.na.yo
不能再便宜一點嗎？

두 개를 사면 깎아 줄 수 있습니까?
du/ge*.reul/ssa.myo*n/ga.ga/jul/su/it.sseum.
ni.ga
買兩個可以便宜賣給我嗎？

현금으로 사면 좀 싸게 해 주시겠습니까?

hyo*n.geu.meu.ro/sa.myo*n/jom/ssa.ge/he*.
ju.si.get.sseum.ni.ga
用現金買可以算便宜一點嗎?

아직도 너무 비싸군요. 사만원에 주실 수 없습니까?
a.jik.do/no*.mu/bi.ssa.gu.nyo//sa.ma.nwo.ne/
ju.sil/su/o*p.sseum.ni.ga
還是太貴了,不可以四萬韓元賣我嗎?

예산이 초과됩니다.
ye.sa.ni/cho.gwa.dwem.ni.da
超過預算了。

예산이 얼마나 됩니까?
ye.sa.ni/o*l.ma.na/dwem.ni.ga
您預算是多少?

십만원 정도입니다.
sim.ma.nwon/jo*ng.do.im.ni.da
大概十萬韓元。

이것은 적당한 가격입니다.
i.go*.seun/jo*k.dang.han/ga.gyo*.gim.ni.da
這是很適當的價格了。

12만원은 최저 가격입니다.
i.sim.ma.nwo.neun/chwe.jo*/ga.gyo*.gim.ni.da
12萬韓元是最低價了。

30프로를 깎아 드리겠습니다.

sam.sip.peu.ro.reul/ga.ga/deu.ri.get.sseum.
ni.da
我打七折給您。

할인해 주셔서 감사합니다.
ha.rin.he*/ju.syo*.so*/gam.sa.ham.ni.da
謝謝你打折賣給我。

너무 비싸요.
no*.mu/bi.ssa.yo.
太貴了。

相關單字

할인	拼音 ha.rin
	中譯 **打折**
비싸다	拼音 bi.ssa.da
	中譯 **昂貴**
싸다	拼音 ssa.da
	中譯 **便宜**
저렴하다	拼音 jo*.ryo*m.ha.da
	中譯 **低廉**
반값	拼音 ban.gap
	中譯 **半價**
특가	拼音 teuk.ga
	中譯 **特價**
값을 깎다	拼音 gap.sseul/gak.da
	中譯 **殺價**

20프로 할인	拼音 i.sip.peu.ro/ha.rin
	中譯 打八折
세일 기간	拼音 se.il/gi.gan
	中譯 特價期間
얼마예요?	拼音 o*l.ma.ye.yo
	中譯 多少錢？
소매가격	拼音 so.me*.ga.gyo*k
	中譯 零售價格
도매가격	拼音 do.me*.ga.gyo*k
	中譯 批發價格

打折出售

Track 047

지금 하나 사시면 하나 더 드립니다.
ji.geum/ha.na/sa.si.myo*n/ha.na/do*/
deu.rim.ni.da
現在買一送一。

「 - (으)면」表示條件或假設，相當於中文的
「如果...的話...」。

이것들은 할인 판매중입니다.
i.go*t.deu.reun/ha.rin/pan.me*.jung.im.ni.da
這些打折出售中。

현금으로 사신다면 특별 할인해 드리겠습니다.
hyo*n.geu.meu.ro/sa.sin.da.myo*n/teuk.byo*l/
ha.rin.he*/deu.ri.get.sseum.ni.da
如果您付現金，我會特別折扣給您。

50프로 할인해 드리겠습니다.
o.sip.peu.ro/ha.rin.he*/deu.ri.get.sseum.ni.da
打五折給您。

우리는 더 이상 싸게 할 수 없어요.
u.ri.neun/do*/i.sang/ssa.ge/hal/ssu/o*p.sso*.yo
我們沒辦法再便宜給您了。

이건 이미 할인된 가격입니다.
i.go*n/i.mi/ha.rin.dwen/ga.gyo*.gim.ni.da
這已經是打折後的價錢了。

정가	拼音 jo*ng.ga
	中譯 定價
가격	拼音 ga.gyo*k
	中譯 價格
판매가	拼音 pan.me*.ga
	中譯 銷售價
특가품	拼音 teuk.ga.pum
	中譯 特價品
가격표	拼音 ga.gyo*k.pyo
	中譯 價目表
상품권	拼音 sang.pum.gwon
	中譯 商品券
쿠폰	拼音 ku.pon
	中譯 禮卷
무료	拼音 mu.ryo
	中譯 免費
바겐 세일하다	拼音 ba.gen/se.il.ha.da
	中譯 清倉拍賣

購買

Track 048

분할 지불은 안 됩니다.
bun.hal/jji.bu.reun/an/dwem.ni.da
不可以分期付款。

解說

將有否定意思的副詞「안」置於動詞或形容詞前方，用來否定動作或狀態，形成否定句。

모두 만팔천원입니다.
mo.du/man.pal.cho*.nwo.nim.ni.da
總共是一萬八千韓元。

이것들은 얼마입니까?
i.go*t.deu.reun/o*l.ma.im.ni.ga
這些多少錢？

세금 포함 칠만오천원입니다.
se.geum/po.ham/chil.ma.no.cho*.nwo.nim.ni.da
包含稅金是七萬五千韓元。

이것으로 하겠습니다.
i.go*.seu.ro/ha.get.sseum.ni.da
我要買這個。

이것이 제일 마음에 듭니다.
i.go*.si/je.il/ma.eu.me/deum.ni.da
我最喜歡這個。

이것으로 주세요.
i.go*.seu.ro/ju.se.yo
我要買這個。

이것으로 사겠습니다.
i.go*.seu.ro/sa.get.sseum.ni.da
我要買這個。

이것을 사고 싶습니다.
i.go*.seul/ssa.go/sip.sseum.ni.da
我想買這個。

결정했어요. 이것을 주세요.
gyo*l.jo*ng.he*.sso*.yo//i.go*.seul/jju.se.yo
我決定了，我要買這個。

지불은 어떻게 하시겠습니까?
ji.bu.reun/o*.do*.ke/ha.si.get.sseum.ni.ga
您要怎麼付款？

현금입니까? 카드입니까?
hyo*n.geu.mim.ni.ga/ka.deu.im.ni.ga
您要付現金？還是刷卡？

수표로 지불해도 됩니까?
su.pyo.ro/ji.bul.he*.do/dwem.ni.ga
可以用支票付款嗎?

비자 카드를 받습니까?
bi.ja/ka.deu.reul/bat.sseum.ni.ga
可以使用visa卡嗎?

전부 얼마입니까?
jo*n.bu/o*l.ma.im.ni.ga
總共多少錢?

카드로 하겠습니다.
ka.deu.ro/ha.get.sseum.ni.da
我要用信用卡付款。

할부로 살 수 있습니까?
hal.bu.ro/sal/ssu/it.sseum.ni.ga
可以分期付款嗎?

할부로 하시겠습니까, 일시불로 하시겠습니까?
hal.bu.ro/ha.si.get.sseum.ni.ga//il.si.bul.lo/ha.si.
get.sseum.ni.ga
您要分期付款,還是一次付清?

여행자 수표로 지불해도 됩니까?
yo*.he*ng.ja/su.pyo.ro/ji.bul.he*.do/dwem.ni.ga
可以用旅行支票嗎?

신용 카드로 지불해도 될까요?
si.nyong/ka.deu.ro/ji.bul.he*.do/dwel.ga.yo

旅遊必備的 韓語 一本通

可以刷卡嗎？

영수증을 주시겠습니까?
yo*ng.su.jeung.eul/jju.si.get.sseum.ni.ga
可以給我收據嗎？

돈이 모자랍니다.
do.ni/mo.ja.ram.ni.da
我錢不夠。

선물용으로 포장해 주시겠어요?
so*n.mu.ryong.eu.ro/po.jang.he*/ju.si.ge.sso*.
yo
要送人的，可以幫我包裝嗎？

리본으로 포장해 주시겠습니까?
ri.bo.neu.ro/po.jang.he*/ju.si.get.sseum.ni.ga
可以幫我用絲帶包裝嗎？

봉지를 하나 주시겠어요?
bong.ji.reul/ha.na/ju.si.ge.sso*.yo
可以給我一個塑膠袋嗎？

相關單字

지불하다　　　　　　　拼音 ji.bul.ha.da
　　　　　　　　　　　中譯 支付

현금	拼音 hyo*n.geum
	中譯 現金
신용카드	拼音 si.nyong.ka.deu
	中譯 信用卡
서비스료	拼音 so*.bi.seu.ryo
	中譯 服務費
잔돈	拼音 jan.don
	中譯 零錢 / 找的錢
할부	拼音 hal.bu
	中譯 分期付款
일시불	拼音 il.si.bul
	中譯 一次付清
포인트	拼音 po.in.teu
	中譯 點數
분할 지불	拼音 bun.hal/jji.bul
	中譯 分期付款
영수증	拼音 yo*ng.su.jeung
	中譯 收據
계산대	拼音 gye.san.de*
	中譯 收銀台
금전 등록기	拼音 geum.jo*n/deung.nok.gi
	中譯 收銀機
선물	拼音 so*n.mul
	中譯 禮物
쇼핑백	拼音 syo.ping.be*k
	中譯 購物袋
바코드	拼音 ba.ko.deu
	中譯 條碼

送貨

Track 049

關鍵短句

이것이 제 주소입니다.
i.go*.si/je/ju.so.im.ni.da
這是我的地址。

解說

「제」是「저의」的縮寫用法。

實用例句

이것을 배달해 줄 수 있습니까?
i.go*.seul/be*.dal.he*/jul/su/it.sseum.ni.ga
這個可以幫我送貨嗎？

그것을 호텔까지 배달해 줍니까?
geu.go*.seul/ho.tel.ga.ji/be*.dal.he*/jum.ni.ga
你會幫我把那個送到飯店嗎？

별도의 요금을 냅니까?
byo*l.do.ui/yo.geu.meul/ne*m.ni.ga
要另外付費嗎？

죄송하지만 배달은 하지 않습니다.
jwe.song.ha.ji.man/be*.da.reun/ha.ji/an.sseum.

ni.da
對不起，我們不幫人送貨。

이것을 배편으로 대만에 보낼 수 있어요?
i.go*.seul/be*.pyo*.neu.ro/de*.ma.ne/bo.ne*l/
su/i.sso*.yo
可以幫我把這個用船運寄到台灣嗎？

저것들을 대만으로 보내 주시겠습니까?
jo*.go*t.deu.reul/de*.ma.neu.ro/bo.ne*/ju.si.get.
sseum.ni.ga
可以幫我把那些寄到台灣嗎？

운송비는 얼마입니까?
un.song.bi.neun/o*l.ma.im.ni.ga
運費多少錢？

즉시 배달해 주시겠습니까?
jeuk.ssi/be*.dal.he*/ju.si.get.sseum.ni.ga
會馬上幫我送貨嗎？

항공편으로 보내 주세요.
hang.gong.pyo*.neu.ro/bo.ne*/ju.se.yo
請用空運寄送。

집까지 배달해 주시겠어요?
jip.ga.ji/be*.dal.he*/ju.si.ge.sso*.yo
可以送到我家嗎？

相關單字

배달	拼音 be*.dal
	中譯 送貨
택배	拼音 te*k.be*
	中譯 宅配
항공편	拼音 hang.gong.pyo*n
	中譯 空運
배편	拼音 be*.pyo*n
	中譯 船運
운송비	拼音 un.song.bi
	中譯 運費
대금상환	拼音 de*.geum.sang.hwan
	中譯 貨到付款
수신자	拼音 su.sin.ja
	中譯 收件人
주소	拼音 ju.so
	中譯 住址
연락처	拼音 yo*l.lak.cho*
	中譯 通訊地址 / 電話

退換貨

Track 050

(품질이 좋지 않아서 교환해 주세요.
pum.ji.ri/jo.chi/a.na.so*/gyo.hwan.he*/ju.se.yo
因為品質不佳,請給我更換。)

解說

┌─────────────────────────────
「 - 아/어서」表示前面的子句是後面子句
的的原因或理由,相當於中文的「因為...所
以...」。
─────────────────────────────┘

결함이 있는 제품인 것 같아요.
gyo*l.ha.mi/in.neun/je.pu.min/go*t/ga.ta.yo
好像是有瑕疵的製品。

영수증이 있어야 환불할 수 있습니다.
yo*ng.su.jeung.i/i.sso*.ya/hwan.bul.hal/ssu/
it.sseum.ni.da
要有收據,才可以退費。

이틀 전에 이 전자 사전을 샀는데 고장이 났어
요.
i.teul/jjo*.ne/i/jo*n.ja/sa.jo*.neul/ssan.neun.de/

go.jang.i/na.sso*.yo
兩天前我買了這個電子字典，但是故障了。

이것을 환불 받고 싶은데요.
i.go*.seul/hwan.bul/bat.go/si.peun.de.yo
我想退費。

이것을 다른 것으로 바꾸고 싶습니다.
i.go*.seul/da.reun/go*.seu.ro/ba.gu.go/sip.
sseum.ni.da
這個我想換成其他的。

이것을 환불해 줄 수 있습니까?
i.go*.seul/hwan.bul.he*/jul/su/it.sseum.ni.ga
這個可以退費嗎？

여기서 산 그릇인데 여기 흠집이 있어요. 보이시
죠?
yo*.gi.so*/san/geu.reu.sin.de/yo*.gi/heum.ji.bi/
i.sso*.yo//bo.i.si.jyo
這是在這裡買的盤子，這裡有瑕疵，看到了
嗎？

이 셔츠를 반품하고 싶은데요.
i/syo*.cheu.reul/ban.pum.ha.go/si.peun.de.yo
這件襯衫我想退貨。

이것을 반품할 수 있습니까?
i.go*.seul/ban.pum.hal/ssu/it.sseum.ni.ga
這個可以退貨嗎？

이것을 바꿀 수 있을까요?
i.go*.seul/ba.gul/su/i.sseul.ga.yo
我可以換這個嗎？

相關單字

바꾸다	拼音 ba.gu.da	
	中譯 **更換**	
교환하다	拼音 gyo.hwan.ha.da	
	中譯 **交換**	
환불	拼音 hwan.bul	
	中譯 **退款**	
반품	拼音 ban.pum	
	中譯 **退貨**	

NOTE BOOK

PART5

搭車旅遊

租車

關鍵短句

(이것이 제 국제운전면허증입니다.
i.go*.si/je/guk.jje.un.jo*n.myo*n.ho*.
jeung.im.ni.da
這是我的國際駕照。)

解說

「이/가」為主格助詞，加在名詞後方，該名詞
則為句子的主詞。

實用例句

어떤 종류의 차를 원하십니까?
o*.do*n/jong.nyu.ui/cha.reul/won.ha.sim.ni.ga
您想要哪種的車子？

며칠간 쓰실 겁니까?
myo*.chil.gan/sseu.sil/go*m.ni.ga
您要租幾天？

이틀 간 빌리겠습니다. 얼마입니까?
i.teul/gan/bil.li.get.sseum.ni.da//o*l.ma.im.ni.ga
我要租兩天，多少錢？

하루에 요금이 얼마입니까?
ha.ru.e/yo.geu.mi/o*l.ma.im.ni.ga
一天的費用是多少錢？

하루에 8만원입니다.
ha.ru.e/pal.ma.nwo.nim.ni.da
一天是八萬韓元。

연료도 포함된 가격입니까?
yo*l.lyo.do/po.ham.dwen/ga.gyo*.gim.ni.ga
這是包含燃料費的價錢嗎？

보증금은 얼마입니까?
bo.jeung.geu.meun/o*l.ma.im.ni.ga
保證金是多少錢？

보험은 어떻게 하시겠습니까?
bo.ho*.meun/o*.do*.ke/ha.si.get.sseum.ni.ga
您要保什麼險？

종합보험으로 해 주십시오.
jong.hap.bo.ho*.meu.ro/he*/ju.sip.ssi.o
請幫我投保綜合保險。

문제가 생겼을 때는 어디로 연락해야 합니까?
mun.je.ga/se*ng.gyo*.sseul/de*.neun/o*.di.ro/
yo*l.la.ke*.ya/ham.ni.ga
如果有問題，我要聯絡哪裡呢？

가득 채워 주십시오.
ga.deuk/che*.wo/ju.sip.ssi.o

請幫我加滿油。

소형차는 어떤 것이 있습니까?
so.hyo*ng.cha.neun/o*.do*n/go*.si/it.sseum.
ni.ga
小型車有哪些？

어떤 차종이 있습니까?
o*.do*n/cha.jong.i/it.sseum.ni.ga
有哪些車種？

렌터카 목록을 좀 보여 주시겠어요?
ren.to*.ka/mong.no.geul/jjom/bo.yo*/ju.si.
ge.sso*.yo
可以給我看一下租車的目錄嗎？

중형차를 빌리고 싶은데요.
jung.hyo*ng.cha.reul/bil.li.go/si.peun.de.yo
我想借中型車。

선불이 필요합니까?
so*n.bu.ri/pi.ryo.ham.ni.ga
需要先付款嗎？

연료가 적게 드는 차가 좋습니다.
yo*l.lyo.ga/jo*k.ge/deu.neun/cha.ga/jo.sseum.
ni.da
我要不耗油的車子。

가솔린 값은 포함되어 있습니까?
ga.sol.lin/gap.sseun/po.ham.dwe.o*/it.sseum.

ni.ga
油錢有包含在裡面嗎？

잠깐 여기에 주차해도 될까요?
jam.gan/yo*.gi.e/ju.cha.he*.do/dwel.ga.yo
車子可以暫時停在這裡一下嗎？

차를 빌리고 싶습니다.
cha.reul/bil.li.go/sip.sseum.ni.da
我想租車。

근처에 주차장이 있습니까?
geun.cho*.e/ju.cha.jang.i/it.sseum.ni.ga
這附近有停車場嗎？

여기는 무료 주차장입니다.
yo*.gi.neun/mu.ryo/ju.cha.jang.im.ni.da
這裡是免費停車場。

타이어가 펑크 났어요.
ta.i.o*.ga/po*ng.keu/na.sso*.yo
輪胎爆胎了。

도중에 차를 반환해도 되나요?
do.jung.e/cha.reul/ban.hwan.he*.do/dwe.na.yo
可以中途還車嗎？

어디서 자동차를 빌릴 수 있습니까?
o*.di.so*/ja.dong.cha.reul/bil.lil/su/it.sseum.
ni.ga
請問哪裡可以租車呢？

보험 요금이 포함되어 있나요?
bo.ho*m/yo.geu.mi/po.ham.dwe.o*/in.na.yo
有包含保險費用嗎?

도로	拼音 do.ro
	中譯 道路
주유소	拼音 ju.yu.so
	中譯 加油站
운전하다	拼音 un.jo*n.ha.da
	中譯 開車 / 駕駛
교통 경찰	拼音 gyo.tong/gyo*ng.chal
	中譯 交通警察
전진하다	拼音 jo*n.jin.ha.da
	中譯 前進
후진하다	拼音 hu.jin.ha.da
	中譯 後退
교통사고	拼音 gyo.tong.sa.go
	中譯 車禍
차창	拼音 cha.chang
	中譯 車窗
행인	拼音 he*ng.in
	中譯 行人
번호판	拼音 bo*n.ho.pan
	中譯 車牌
핸들	拼音 he*n.deul
	中譯 方向盤

한국어	拼音	中譯
안전 벨트	an.jo*n/bel.teu	安全帶
차바퀴	cha.ba.kwi	車輪
일방 통행로	il.bang/tong.he*ng.no	單行道
교차로	gyo.cha.ro	交叉路口
긴급 차로	gin.geup/cha.ro	緊急車道
출입 금지	chu.rip/geum.ji	禁止出入
주차 금지	ju.cha/geum.ji	禁止停車
통행 금지	tong.he*ng/geum.ji	禁止通行
우회전 금지	u.hwe.jo*n/geum.ji	禁止右轉
좌회전 금지	jwa.hwe.jo*n/geum.ji	禁止左轉
유턴 금지	yu.to*n/geum.ji	禁止迴轉
우측 통행	u.cheuk/tong.he*ng	靠右行駛
서행	so*.he*ng	慢行
공사 중	gong.sa/jung	正在施工
횡단 보도	hweng.dan/bo.do	人行橫道

搭地鐵

關鍵短句

（
어디에서 갈아타야 합니까?
o*.di.e.so*/ga.ra.ta.ya/ham.ni.ga
我應該在哪裡換車？
）

解
說

助詞「에서」表示某個行為或動作進行的地點。

實
用
例
句

지하철 노선표 있습니까?
ji.ha.cho*l/no.so*n.pyo/it.sseum.ni.ga
有地鐵路線圖嗎？

지하철 역으로 가는 길을 가르쳐 주시겠어요?
ji.ha.cho*l/yo*.geu.ro/ga.neun/gi.reul/ga.reu.
cho*/ju.si.ge.sso*.yo
可以告訴我怎麼去地鐵站嗎？

그 곳을 지하철로 갈 수 있어요?
geu/go.seul/jji.ha.cho*l.lo/gal/ssu/i.sso*.yo
搭地鐵會到那個地方嗎？

어디서 표를 살 수 있습니까?
o*.di.so*/pyo.reul/ssal/ssu.it.sseum.ni.ga
哪裡可以買票？

몇 번 버스가 홍대 부근으로 가나요?
myo*t/bo*n/bo*.seu.ga/hong.de*/bu.geu.neu.ro/
ga.na.yo
幾號公車會到弘大附近呢？

버스를 잘못 탄 것 같아요.
bo*.seu.reul/jjal.mot/tan/go*t/ga.ta.yo
好像搭錯公車了。

종점까지 가려면 멀었나요?
jong.jo*m.ga.ji/ga.ryo*.myo*n/mo*.ro*n.na.yo
到終點站要很遠嗎？

저는 내릴 곳을 지나쳤어요.
jo*.neun/ne*.ril/go.seul/jji.na.cho*.sso*.yo
我錯過要下車的地方了。

지하철 노선도를 어디서 구할 수 있습니까?
ji.ha.cho*l/no.so*n.do.reul/o*.di.so*/gu.hal/ssu/
it.sseum.ni.ga
地鐵圖哪裡可以領取？

아니오. 잘못 타셨습니다.
a.ni.o//jal.mot/ta.syo*t.sseum.ni.da
不，您搭錯車了。

이 근처에 지하철 역이 있나요?

i/geun.cho*.e/ji.ha.cho*l/yo*.gi/in.na.yo
請問這附近有地鐵站嗎？

남대문 시장에 가려면 몇 번 출구예요?
nam.de*.mun/si.jang.e/ga.ryo*.myo*n/myo*t/
bo*n/chul.gu.ye.yo
去南大門市場要從幾號出口出去呢？

1번 출구로 나가세요.
il.bo*n/chul.gu.ro/na.ga.se.yo
請從1號出口出去。

명동 역에 가고 싶은데 몇 호선을 타야 되나요?
myo*ng.dong/yo*.ge/ga.go/si.peun.de/myo*t/
ho.so*.neul/ta.ya/dwe.na.yo
請問去明洞站要搭幾號線呢？

몇 호선을 타야 합니까?
myo*t/ho.so*.neul/ta.ya/ham.ni.ga
該搭幾號線呢？

환승해야 하나요?
hwan.seung.he*.ya/ha.na.yo
要換乘嗎？

박물관에 가려면 몇 번 출구로 나가야 하나요?
bang.mul.gwa.ne/ga.ryo*.myo*n/myo*t/bo*n/
chul.gu.ro/na.ga.ya/ha.na.yo
去博物館要從幾號出口出去？

서울역에서 갈아타세요.

so*.ul.lyo*.ge.so*/ga.ra.ta.se.yo
請在首爾站換車。

몇 시가 막차인가요?
myo*t/si.ga/mak.cha.in.ga.yo
末班車是幾點？

다음 역은 어디인가요?
da.eum/yo*.geun/o*.di.in.ga.yo
下一站是哪裡？

12번 출구는 어디입니까?
si.bi.bo*n/chul.gu.neun/o*.di.im.ni.ga
12號出口在哪裡？

그곳에 가려면 지하철을 타는 게 제일 편리합니다.
geu.go.se/ga.ryo*.myo*n/ji.ha.cho*.reul/
ta.neun/ge/je.il/pyo*l.li.ham.ni.da
要去那裡的話，搭地鐵最便利。

자동매표기가 어디에 있습니까?
ja.dong.me*.pyo.gi.ga/o*.di.e/it.sseum.ni.ga
自動售票機在哪裡？

지하철을 타면 인천 공항에 갈 수 있나요?
ji.ha.cho*.reul/ta.myo*n/in.cho*n/gong.hang.e/
gal/ssu/in.na.yo
搭地鐵可以到仁川機場嗎？

4호선 파란색 라인을 타세요.

sa.ho.so*n/pa.ran.se*k/ra.i.neul/ta.se.yo
請搭藍色的四號線。

여기 지하철역이 없나요?
yo*.gi/ji.ha.cho*.ryo*.gi/o*m.na.yo
這裡有地鐵站嗎？

역	拼音 yo*k
	中譯 車站
~호선	拼音 ho.so*n
	中譯 ~號線
교통카드	拼音 gyo.tong.ka.deu
	中譯 交通卡 (T-money)
환승역	拼音 hwan.seung.yo*k
	中譯 換乘站
경로석	拼音 gyo*ng.no.so*k
	中譯 博愛座
손잡이	拼音 son.ja.bi
	中譯 手拉環
표 판매기	拼音 pyo/pan.me*.gi
	中譯 售票機
타다	拼音 ta.da
	中譯 搭車
내리다	拼音 ne*.ri.da
	中譯 下車

기다리다	拼音 gi.da.ri.da
	中譯 等候
지하철 역의 입구	拼音 ji.ha.cho*l/yo*.gui/ip.gu
	中譯 地鐵站的入口
교통카드 충전기	拼音 gyo.tong.ka.deu/chung.
	jo*n.gi
	中譯 交通卡儲值機

搭公車

關鍵短句

동대문에 가는 버스는 어디서 타면 됩니까?
dong.de*.mu.ne/ga.neun/bo*.seu.neun/o*.di.
so*/ta.myo*n/dwem.ni.ga
去東大門的公車要在哪裡搭？

解說

當助詞「에」和「가다, 오다」等動詞一起使用
時，表示方向及目的地。

實用例句

가장 가까운 버스 정류장은 어디입니까?
ga.jang/ga.ga.un/bo*.seu/jo*ng.nyu.jang.eun/
o*.di.im.ni.ga
離這裡最近的公車站在哪裡？

공항에 가는 버스는 언제 출발합니까?
gong.hang.e/ga.neun/bo*.seu.neun/o*n.je/chul.
bal.ham.ni.ga
開往機場的公車什麼時候出發？

그곳에 가는 다른 버스가 있나요?
geu.go.se/ga.neun/da.reun/bo*.seu.ga/in.na.yo

有其他開往那裡的公車嗎？

어떤 버스가 시내로 가나요?
o*.do*n/bo*.seu.ga/si.ne*.ro/ga.na.yo
哪一台公車會開往市區呢？

이 버스가 인천 공항으로 갑니까?
i/bo*.seu.ga/in.cho*n/gong.hang.eu.ro/gam.
ni.ga
這台公車開往仁川機場嗎？

이 버스가 경희의료원에 정차합니까?
i/bo*.seu.ga/gyo*ng.hi.ui.ryo.wo.ne/jo*ng.cha.
ham.ni.ga
這台公車會停在慶熙醫院嗎？

이 버스를 타세요.
i/bo*.seu.reul/ta.se.yo
請搭這台公車。

813번 버스를 타세요.
pal.be*k.ssip.ssam.bo*n/bo*.seu.reul/ta.se.yo
請搭813號公車。

길 건너편에서 타면 됩니다.
gil/go*n.no*.pyo*.ne.so*/ta.myo*n/dwem.ni.da/
在馬路對面搭就可以了。

마지막 버스는 몇 시에 있습니까?
ma.ji.mak/bo*.seu.neun/myo*t/si.e/it.sseum.
ni.ga

最後一台公車是幾點？

이 버스가 서울대학교에 가는지 아세요?
i/bo*.seu.ga/so*.ul.de*.hak.gyo.e/ga.neun.ji/
a.se.yo
你知道這台公車會到首爾大學嗎？

버스 노선 안내도 있습니까?
bo*.seu/no.so*n/an.ne*.do/it.sseum.ni.ga
有公車路線圖嗎？

567번 버스를 타셔야 합니다.
o.be*.gyuk.ssip.chil.bo*n/bo*.seu.reul/ta.syo*.
ya/ham.ni.da
您必須要搭567號公車。

이 버스는 국립중앙도서관 앞에 섭니까?
i/bo*.seu.neun/gung.nip.jjung.ang.do.so*.gwan/
a.pe/so*m.ni.ga
這台公車會停在國立中央圖書館前面嗎？

어느 버스를 타야 합니까?
o*.neu/bo*.seu.reul/ta.ya/ham.ni.ga
我該搭哪台公車？

다음 정류장은 어디입니까?
da.eum/jo*ng.nyu.jang.eun/o*.di.im.ni.ga
下一站是哪裡？

이곳에 종로3가로 가는 버스가 있습니까?
i.go.se/jong.no.sam.ga.ro/ga.neun/bo*.seu.ga/

it.sseum.ni.ga
這裡有開往鐘路3街的公車嗎？

그곳에 도착하거든 좀 알려 주시겠어요?
geu.go.se/do.cha.ka.go*.deun/jom/al.lyo*/ju.si.
ge.sso*.yo
到那裡的話，可以通知我一聲嗎？

어느 버스가 시청에 갑니까?
o*.neu/bo*.seu.ga/si.cho*ng.e/gam.ni.ga
哪一台公車會到市政府？

요금은 얼마입니까?
yo.geu.meun/o*l.ma.im.ni.ga
費用是多少？

버스터미널은 어디에 있습니까?
bo*.seu.to*.mi.no*.reun/o*.di.e/it.sseum.ni.ga
公車總站在哪裡？

고속버스는 언제 출발합니까?
go.sok.bo*.seu.neun/o*n.je/chul.bal.ham.ni.ga
長途巴士什麼時候出發？

다음 버스는 몇 시에 있습니까?
da.eum/bo*.seu.neun/myo*t/si.e/it.sseum.ni.ga
下一台車是幾點？

이 좌석은 비어 있나요?
i/jwa.so*.geun/bi.o*/in.na.yo
這座位沒人坐嗎？

여기는 사람이 없습니다. 앉으세요.
yo*.gi.neun/sa.ra.mi/o*p.sseum.ni.da//an.jeu.
se.yo
這裡沒人坐，請坐。

미술관으로 가는 버스가 있습니까?
mi.sul.gwa.neu.ro/ga.neun/bo*.seu.ga/
it.sseum.ni.ga
有去美術館的公車嗎？

310번 버스를 여기서 타나요?
sam.be*k.ssip.bo*n/bo*.seu.reul/yo*.gi.so*/
ta.na.yo
310號公車是在這裡搭嗎？

相關單字

버스 운전사	拼音 bo*.seu/un.jo*n.sa
	中譯 **公車司機**
승객	拼音 seung.ge*k
	中譯 **乘客**
고속버스	拼音 go.sok.bo*.seu
	中譯 **高速公車 / 長途公車**
관광버스	拼音 gwan.gwang.bo*.seu
	中譯 **觀光巴士**
공항버스	拼音 gong.hang.bo*.seu
	中譯 **機場巴士**

버스 여행	拼音 bo*.seu/yo*.he*ng
	中譯 巴士旅遊
운전기사	拼音 un.jo*n.gi.sa
	中譯 司機
타다	拼音 ta.da
	中譯 乘坐
내리다	拼音 ne*.ri.da
	中譯 下車
갈아타다	拼音 ga.ra.ta.da
	中譯 換乘
하차벨	拼音 ha.cha.bel
	中譯 下車鈴
손잡이	拼音 son.ja.bi
	中譯 手拉環
종점	拼音 jong.jo*m
	中譯 終點站
승객	拼音 seung.ge*k
	中譯 乘客

搭火車

關鍵句

부산 가는 표 두 장 주세요.
bu.san/ga.neun/pyo/du/jang/ju.se.yo
給我兩張去釜山的票。

解說

「 - (으)ㄴ/는/(으)ㄹ」連接在動詞、形容詞或이다語幹後面,用來修飾後面出現的名詞,相當於中文的「...的...」。

實用例句

강원도로 가는 열차 맞습니까?
gang.won.do.ro/ga.neun/yo*l.cha/mat.sseum.
ni.ga
這是去江原道的列車嗎?

기차역이 어디에 있습니까?
gi.cha.yo*.gi/o*.di.e/it.sseum.ni.ga
火車站在哪裡呢?

매표소는 어디 있어요?
me*.pyo.so.neun/o*.di/i.sso*.yo
售票處在哪裡?

경주 왕복표 한 장 주세요.
gyo*ng.ju/wang.bok.pyo/han/jang/ju.se.yo
請給我一張去慶州的來回票。

편도표입니까, 왕복표입니까?
pyo*n.do.pyo.im.ni.ga/wang.bok.pyo.im.ni.ga
您要單程票還是往返票？

서울행 기차 있습니까?
so*.ul.he*ng/gi.cha/it.sseum.ni.ga
有開往首爾的列車嗎？

다음 광주행 기차가 언제예요?
da.eum/gwang.ju.he*ng/gi.cha.ga/o*n.je.ye.yo
下一台開往光州的火車是什麼時候？

대구까지 얼마입니까?
de*.gu.ga.ji/o*l.ma.im.ni.ga
到大邱要多少錢？

지금 어디쯤 지나고 있습니까?
ji.geum/o*.di.jjeum/ji.na.go/it.sseum.ni.ga
現在正經過哪裡？

다음 정거장은 어디입니까?
da.eum/jo*ng.go*.jang.eun/o*.di.im.ni.ga
下一站是哪裡？

언제 가실 겁니까?
o*n.je/ga.sil/go*m.ni.ga
您什麼時候要去？

기차는 몇 시에 떠나요?
gi.cha.neun/myo*t/si.e/do*.na.yo
火車幾點離開呢？

기차가 몇 시에 서울에 도착해요?
gi.cha.ga/myo*t/si.e/so*.u.re/do.cha.ke*.yo
火車幾點抵達首爾呢？

더 빠른 기차는 없나요?
do*.ba.reun/gi.cha.neun/o*m.na.yo
有更快一點的火車嗎？

다음 열차는 몇 시에 있나요?
da.eum/yo*l.cha.neun/myo*t/si.e/in.na.yo
下一台列車是幾點？

이 열차가 대구행인가요?
i/yo*l.cha.ga/de*.gu.he*ng.in.ga.yo
這台列車是開往大邱的嗎？

오늘 열차는 급행밖에 없습니다.
o.neul/yo*l.cha.neun/geu.pe*ng.ba.ge/o*p.
sseum.ni.da
今天只有特快列車。

표를 부산으로 가는 걸로 바꾸고 싶습니다.
pyo.reul/bu.sa.neu.ro/ga.neun/go*l.lo/ba.gu.go/
sip.sseum.ni.da
票我想改成去釜山的。

기차는 몇 시에 도착합니까?

gi.cha.neun/myo*t/si.e/do.cha.kam.ni.ga
火車幾點抵達？

相關單字

기차역	拼音 gi.cha.yo*k
	中譯 火車站
매표소	拼音 me*.pyo.so
	中譯 售票處
매표원	拼音 me*.pyo.won
	中譯 售票員
차표	拼音 cha.pyo
	中譯 車票
시각표	拼音 si.gak.pyo
	中譯 時刻表
열차	拼音 yo*l.cha
	中譯 列車
좌석	拼音 jwa.so*k
	中譯 座位
철도	拼音 cho*l.do
	中譯 鐵路
객차	拼音 ge*k.cha
	中譯 客車
기관차	拼音 gi.gwan.cha
	中譯 火車頭
플랫폼	拼音 peul.le*t.pom
	中譯 月台

搭計程車

開鑰短句

어디로 갈까요?
o*.di.ro/gal.ga.yo
要去哪裡?

解說

「- (으)ㄹ까요?」表示提議或詢問對方的意見。

實用例句

어디까지 가세요?
o*.di.ga.ji/ga.se.yo
您要去哪裡?

신촌까지 부탁합니다.
sin.chon.ga.ji/bu.ta.kam.ni.da
我要去新村。

동대문으로 가 주세요.
dong.de*.mu.neu.ro/ga/ju.se.yo
我要去東大門。

어디서 세워드릴까요?

o*.di.so*/se.wo.deu.ril.ga.yo
您要在哪裡下車？

두 명인데 시내까지 갈 수 있습니까?
du/myo*ng.in.de/si.ne*.ga.ji/gal/ssu/it.sseum.
ni.ga
我們有兩位，可以帶我們到市區嗎？

짐을 트렁크에 넣어 주시겠습니까?
ji.meul/teu.ro*ng.keu.e/no*.o*/ju.si.get.sseum.
ni.ga
可以幫我把行李放到後車廂嗎？

서울 호텔까지 갑시다.
so*.ul/ho.tel.ga.ji/gap.ssi.da
帶我到首爾飯店。

여기에서 내려 주십시오.
yo*.gi.e.so*/ne*.ryo*/ju.sip.ssi.o
我要在這裡下車。

한 시간 전에 택시를 불렀는데, 아직 안 오네요.
han/si.gan/jo*.ne/te*k.ssi.reul/bul.lo*n.neun.de//
a.jik/an/o.ne.yo
我一個小時前就叫計程車了，現在還沒來耶！

택시를 어디서 탈 수 있을까요?
te*k.ssi.reul/o*.di.so*/tal/ssu/i.sseul.ga.yo
哪裡可以搭計程車？

저 쪽에 택시 승강장이 있습니다.

jo*/jjo.ge/te*k.ssi/seung.gang.jang.i/it.sseum.
ni.da
那裡有計乘車站。

왼쪽으로 돌아 주세요.
wen.jjo.geu.ro/do.ra/ju.se.yo
請往左轉。

빨리 가 주세요. 오전 10시까지 공항에 도착해
야 합니다.
bal.li/ga/ju.se.yo//o.jo*n/yo*l.si.ga.ji/gong.hang.
e/do.cha.ke*.ya/ham.ni.da
請開快一點，我上午10點以前要抵達機場。

저 앞에서 잠시만 세워주시겠어요?
jo*/a.pe.so*/jam.si.man/se.wo.ju.si.ge.sso*.yo
可以在那前面暫時停個車嗎？

직진합시다
jik.jjin.hap.ssi.da
請直走。

지름길로 가 주세요.
ji.reum.gil.lo/ga/ju.se.yo
請走捷徑。

이 주소로 데려다 주시겠어요?
i/ju.so.ro/de.ryo*.da/ju.si.ge.sso*.yo
請帶我到這個住址。

잔돈은 그냥 가지세요.

잔돈은 그냥 가지세요
jan.do.neun/geu.nyang/ga.ji.se.yo
不必找零了。

거스름돈을 덜 주셨네요.
go*.seu.reum.do.neul/do*l/ju.syo*n.ne.yo
您零錢少給我喔！

기차역까지 얼마예요?
gi.cha.yo*k.ga.ji/o*l.ma.ye.yo
到火車站要多少錢？

손님, 다 왔습니다.
son.nim//da/wat.sseum.ni.da
客人，已經到了。

여기서 세워드려도 괜찮을까요?
yo*.gi.so*/se.wo.deu.ryo*.do/gwe*n.cha.neul.
ga.yo
我可以在這裡停車嗎？

택시를 불러 주시겠습니까?
te*k.ssi.reul/bul.lo*/ju.si.get.sseum.ni.ga
你可以幫我叫計程車嗎？

여기서 세워 주세요.
yo*.gi.so*/se.wo/ju.se.yo
請在這裡停車。

아저씨, 좀 빨리 가주세요.
a.jo*.ssi/jom/bal.li/ga.ju.se.yo
司機叔叔，請開快一點。

트렁크 좀 열어 주세요.
teu.ro*ng.keu/jom/yo*.ro*/ju.se.yo
請打開後車廂。

어디로 모실까요?
o*.di.ro/mo.sil.ga.yo
要載您到哪裡呢？

相關單字

일반 택시	拼音 il.ban/te*k.ssi	
	中譯 **普通計程車**	
모범 택시	拼音 mo.bo*m/te*k.ssi	
	中譯 **模範計程車**	
거슬러 주다	拼音 go*.seul.lo*/ju.da	
	中譯 **找錢**	
출발지	拼音 chul.bal.jji	
	中譯 **出發地**	
목적지	拼音 mok.jjo*k.jji	
	中譯 **目的地**	
주소	拼音 ju.so	
	中譯 **地址**	
안전벨트	拼音 an.jo*n.bel.teu	
	中譯 **安全帶**	
기본 요금	拼音 gi.bo/nyo.geum	
	中譯 **基本費用**	
좌회전	拼音 jwa.hwe.jo*n	
	中譯 **左轉**	

우회전	拼音 u.hwe.jo*n
	中譯 右轉
멀다	拼音 mo*l.da
	中譯 遠
가깝다	拼音 ga.gap.da
	中譯 近
신호등	拼音 sin.ho.deung
	中譯 紅綠燈
차를 세우다	拼音 cha.reul/sse.u.da
	中譯 停車
명동	拼音 myo*ng.dong
	中譯 明洞
동대문	拼音 dong.de*.mun
	中譯 東大門
남대문	拼音 nam.de*.mun
	中譯 南大門
종각	拼音 jong.gak
	中譯 鐘閣
시청	拼音 si.cho*ng
	中譯 市政府
신촌	拼音 sin.chon
	中譯 新村
경복궁	拼音 gyo*ng.bok.gung
	中譯 景福宮
안국	拼音 an.guk
	中譯 安國
광화문	拼音 gwang.hwa.mun
	中譯 光化門
이태원	拼音 i.te*.won
	中譯 梨泰院

여의도	拼音 yo*.ui.do
	中譯 汝矣島
강남	拼音 gang.nam
	中譯 江南
용산	拼音 yong.san
	中譯 龍山
홍대	拼音 hong.de*
	中譯 弘益大學

PART6
觀光旅遊

觀光服務台

Track 056

(관광 안내소는 어디에 있나요?
gwan.gwang/an.ne*.so.neun/o*.di.e/in.na.yo
觀光諮詢所在哪裡?)

解說

「나요?」表示以比較禮貌、委婉的方式來詢問
對方。

實用例句

당일치기할 만한 곳을 가르쳐 주세요.
dang.il.chi.gi.hal/man.han/go.seul/ga.reu.cho*/
ju.se.yo
請告訴我可以一天來回的不錯景點。

시내를 한 눈에 볼 수 있는 곳이 있습니까?
si.ne*.reul/han/nu.ne/bol.su/in.neun/go.si/
it.sseum.ni.ga
有可以欣賞市區全景的地方嗎？

쇼핑을 하시려면 명동과 동대문을 추천하고 싶
습니다.
syo.ping.eul/ha.si.ryo*.myo*n/myo*ng.dong.

gwa/dong.de*.mu.neul/chu.cho*n.ha.go/sip.
sseum.ni.da
如果您想去購物，我想推薦你去明洞和東大
門。

이 도시에서 방문할 만한 관광지를 추천해 주세
요.
i/do.si.e.so*/bang.mun.hal/man.han/gwan.
gwang.ji.reul/chu.cho*n.he*/ju.se.yo
請推薦這都市值得一去的觀光地。

좋은 관광 코스를 추천해 주시겠어요?
jo.eun/gwan.gwang/ko.seu.reul/chu.cho*n.he*/
ju.si.ge.sso*.yo
可以推薦不錯的觀光路線給我嗎？

가장 좋은 관광지는 어디입니까?
ga.jang/jo.eun/gwan.gwang.ji.neun/o*.di.im.ni.
ga
最棒的觀光地在哪裡？

볼만한 관광지 좀 추천해 주시겠어요?
bol.man.han/gwan.gwang.ji/jom/chu.cho*n.he*/
ju.si.ge.sso*.yo
可以推薦值得一去的觀光景點給我嗎？

어떤 종류의 투어가 있습니까?
o*.do*n/jong.nyu.ui/tu.o*.ga/it.sseum.ni.ga
有哪些種類的旅遊？

몇 시에 출발합니까?

myo*t/si.e/chul.bal.ham.ni.ga
幾點出發呢？

몇 시에 도착합니까?
myo*t/si.e/do.cha.kam.ni.ga
幾點抵達呢？

서울의 관광안내 팸플릿이 있습니까?
so*.u.rui/gwan.gwang.an.ne*/pe*m.peul.li.si/
it.sseum.ni.ga
有首爾的觀光手冊嗎？

야경을 볼 수 있는 곳을 아십니까?
ya.gyo*ng.eul/bol/su/in.neun/go.seul/a.sim.
ni.ga
你知道哪裡有可以欣賞夜景的地方嗎？

어디서 유람선을 탈 수 있습니까?
o*.di.so*/yu.ram.so*.neul/tal/ssu/it.sseum.ni.ga
哪裡可以搭乘遊覽船呢？

무료 시내지도는 있습니까?
mu.ryo/si.ne*.ji.do.neun/it.sseum.ni.ga
有免費的市區地圖嗎？

중국어 가이드가 있습니까?
jung.gu.go*/ga.i.deu.ga/it.sseum.ni.ga
有中文導遊嗎？

그 곳에서 무엇을 볼 수 있습니까?
geu/go.se.so*/mu.o*.seul/bol/su/it.sseum.ni.ga

在那裡可以看到什麼？

방문해야 할 곳으로 경복궁을 추천하고 싶습니다.
bang.mun.he*.ya/hal/go.seu.ro/gyo*ng.bok.
gung.eul/chu.cho*n.ha.go/sip.sseum.ni.da
一定要去拜訪的地方，我推薦景福宮。

어느 지역에 위치하고 있습니까?
o*.neu/ji.yo*.ge/wi.chi.ha.go/it.sseum.ni.ga
位於哪個地方？

相關單字

해외 여행	拼音 he*.we/yo*.he*ng
	中譯 海外旅行
국내 여행	拼音 gung.ne*/yo*.he*ng
	中譯 國內旅遊
외국	拼音 we.guk
	中譯 外國
나라	拼音 na.ra
	中譯 國家
여행하다	拼音 yo*.he*ng.ha.da
	中譯 旅行
관광하다	拼音 gwan.gwang.ha.da
	中譯 觀光
유람하다	拼音 yu.ram.ha.da
	中譯 遊覽

휴가	拼音 hyu.ga
	中譯 休假
여름 방학	拼音 yo*.reum/bang.hak
	中譯 暑假
겨울 방학	拼音 gyo*.ul/bang.hak
	中譯 寒假
여행사	拼音 yo*.he*ng.sa
	中譯 旅行社
여행객	拼音 yo*.he*ng.ge*k
	中譯 旅客
여행 일정	拼音 yo*.he*ng/il.jo*ng
	中譯 旅遊行程
반일 투어	拼音 ba.nil/tu.o*
	中譯 半日遊
일일 투어	拼音 i.ril/tu.o*
	中譯 一日遊
여정	拼音 yo*.jo*ng
	中譯 旅程
시내	拼音 si.ne*
	中譯 市區
교외	拼音 gyo.we
	中譯 郊區
풍경	拼音 pung.gyo*ng
	中譯 風景
경치	拼音 gyo*ng.chi
	中譯 景色
여행비	拼音 yo*.he*ng.bi
	中譯 旅費
관광 안내원	拼音 gwan.gwang/an.ne*.won
	中譯 觀光導遊

출발 시간	拼音 chul.bal/ssi.gan
	中譯 出發時間
집합 시간	拼音 ji.pap/si.gan
	中譯 集合時間
소책자	拼音 so.che*k.jja
	中譯 小冊子
여행 가이드북	拼音 yo*.he*ng/ga.i.deu.buk
	中譯 旅行指南

觀光旅遊

關鍵句

박물관은 몇 시에 엽니까?
bang.mul.gwa.neun/myo*t/si.e/yo*m.ni.ga
博物館幾點開門？

解說

助詞「에」若接在表示時間的詞語之後，表示時間。

實用例句

시내 관광을 하고 싶습니다.
si.ne*/gwan.gwang.eul/ha.go/sip.sseum.ni.da
我想去市區觀光。

이 거리의 이름이 무엇입니까?
i/go*.ri.ui/i.reu.mi/mu.o*.sim.ni.ga
這個街道叫什麼名字？

저것이 무엇인지 아세요?
jo*.go*.si/mu.o*.sin.ji/a.se.yo
你知道那是什麼嗎？

여기서 예약할 수 있습니까?

yo*.gi.so*/ye.ya.kal/ssu/it.sseum.ni.ga
這裡可以預約嗎？

어디에서 입장권을 삽니까?
o*.di.e.so*/ip.jjang.gwo.neul/ssam.ni.ga
入場卷要在哪裡買？

입장료는 얼마입니까?
ip.jjang.nyo.neun/o*l.ma.im.ni.ga
入場費多少錢？

몇 시에 문을 닫습니까?
myo*t/si.e/mu.neul/dat.sseum.ni.ga
幾點關門？

몇 시에 돌아올 예정입니까?
myo*t/si.e/do.ra.ol/ye.jo*ng.im.ni.ga
預計幾點回來？

저는 화장실을 찾고 있습니다.
jo*.neun/hwa.jang.si.reul/chat.go/it.sseum.ni.da
我在找廁所。

이 미술관은 몇 시에 개관합니까?
i/mi.sul.gwa.neun/myo*t/si.e/ge*.gwan.ham.
ni.ga
這間美術館幾點開館？

저것은 무엇입니까?
jo*.go*.seun/mu.o*.sim.ni.ga
那是什麼？

저것은 무슨 산입니까?
jo*.go*.seun/mu.seun/sa.nim.ni.ga
那是什麼山？

이 건물은 언제 세워졌습니까?
i/go*n.mu.reun/o*n.je/se.wo.jo*t.sseum.ni.ga
這棟建築是何時興建的？

몇 시에 버스로 돌아오면 됩니까?
myo*t/si.e/bo*.seu.ro/do.ra.o.myo*n/dwem.
ni.ga
幾點要回到車上？

지금 동물원은 개장하고 있습니까?
ji.geum/dong.mu.rwo.neun/ge*.jang.ha.go/
it.sseum.ni.ga
現在動物園還有開嗎？

저기 기린이 있네요.
jo*.gi/gi.ri.ni/in.ne.yo
那裡有長頸鹿耶！

여기 나이트클럽이 있어요?
yo*.gi/na.i.teu.keul.lo*.bi/i.sso*.yo
這裡有夜店嗎？

여기 술집이 있어요?
yo*.gi/sul.ji.bi/i.sso*.yo
這裡有酒吧嗎？

우리 해수욕장에 갈까요?

우리/해*.수.욕.짱.e/갈.가.요
u.ri/he*.su.yok.jjang.e/gal.ga.yo
我們去海水浴場，好嗎？

거기서 수영할 수 있어요?
go*.gi.so*/su.yo*ng.hal/ssu/i.sso*.yo
那裡可以游泳嗎？

수족관에 가고 싶어요.
su.jok.gwa.ne/ga.go/si.po*.yo
我想去水族館。

실례합니다만, 매점은 어디에 있습니까?
sil.lye.ham.ni.da.man/me*.jo*.meun/o*.di.e/
it.sseum.ni.ga
不好意思，請問小賣部在哪裡？

여기부터 저기까지의 거리는 어떻게 됩니까?
yo*.gi.bu.to*/jo*.gi.ga.ji.ui/go*.ri.neun/o*.do*.ke/
dwem.ni.ga
從這裡到那裡的距離有多遠？

설명 좀 부탁드립니다.
so*l.myo*ng jom bu.tak.deu.rim.ni.da
麻煩您介紹一下。

한국 민속촌은 재미있을 것 같아요. 거기에 갈까
요?
han.guk/min.sok.cho.neun/je*.mi.i.sseul/go*t/
ga.ta.yo//go*.gi.e/gal.ga.yo
韓國民俗村好像很好玩，我們去那裡好嗎？

여기 풍경은 참 아름답습니다.
yo*.gi/pung.gyo*ng.eun/cham/a.reum.dap.
sseum.ni.da
這裡的風景真美！

相關單字

경복궁	**拼音** gyo*ng.bok.gung
	中譯 景福宮
창덕궁	**拼音** chang.do*k.gung
	中譯 昌德宮
덕수궁	**拼音** do*k.ssu.gung
	中譯 德壽宮
경희궁	**拼音** gyo*ng.hi.gung
	中譯 慶熙宮
종묘	**拼音** jong.myo
	中譯 宗廟
청계천	**拼音** cho*ng.gye.cho*n
	中譯 清溪川
북촌 한옥마을	**拼音** buk.chon/ha.nong.ma.eul
	中譯 北村韓屋村
남산골 한옥마을	**拼音** nam.san.gol ha.nong.ma.eul
	中譯 南山谷韓屋村
국립중앙박물관	**拼音** gung.nip.jjung.ang.bang.mul.gwan
	中譯 國立中央博物館

서울역사박물관	拼音 so*.ul.lyo*k.ssa.bang.mul.gwan
	中譯 首爾歷史博物館
국립고궁박물관	拼音 gung.nip.go.gung.bang.mul.gwan
	中譯 國立古宮博物館
세종문화회관	拼音 se.jong.mun.hwa.hwe.gwan
	中譯 世宗文化會館
선유도공원	拼音 so*.nyu.do.gong.won
	中譯 仙遊島生態公園
월드컵공원	拼音 wol.deu.ko*p.gong.won
	中譯 世界杯公園
남산공원	拼音 nam.san.gong.won
	中譯 南山公園
프리마켓	拼音 peu.ri.ma.ket
	中譯 藝術自由市場
서울타워	拼音 so*.ul.ta.wo
	中譯 首爾塔
인사동	拼音 in.sa.dong
	中譯 仁寺洞
대학로	拼音 de*.hang.no
	中譯 大學路
명동 성당	拼音 myo*ng.dong/so*ng.dang
	中譯 天主教明洞聖堂
청와대	拼音 cho*ng.wa.de*
	中譯 青瓦臺
63빌딩	拼音 yuk.ssam.bil.ding
	中譯 63大廈

롯데백화점	拼音 rot.de.be*.kwa.jo*m
	中譯 樂天百貨公司
신세계백화점	拼音 sin.se.gye.be*.kwa.jo*m
	中譯 新世界百貨公司
홍대클럽	拼音 hong.de*.keul.lo*p
	中譯 弘大俱樂部
용산전자상가	拼音 yong.san.jo*n.ja.sang.ga
	中譯 龍山電子商城
한강	拼音 han.gang
	中譯 漢江
롯데월드	拼音 rot.de.wol.deu
	中譯 樂天世界
에버랜드 리조트	拼音 e.bo*.re*n.deu/ri.jo.teu
	中譯 愛寶樂園
동대문시장	拼音 dong.de*.mun.si.jang
	中譯 東大門市場
남대문시장	拼音 nam.de*.mun.si.jang
	中譯 南大門市場
압구정	拼音 ap.gu.jo*ng
	中譯 狎鷗亭
코엑스몰	拼音 ko.ek.sseu.mol
	中譯 COEX Mall
청담동거리	拼音 cho*ng.dam.dong.go*.ri
	中譯 清潭洞時尚街
설악산	拼音 so*.rak.ssan
	中譯 雪嶽山
해운대 해수욕장	拼音 he*.un.de*/he*.su.yok. jjang
	中譯 海雲臺海水浴場

영도 태종대 유원지	拼音 yo*ng.do/te*.jong.de*/yu.won.ji
	中譯 太宗臺遊園地
용두산공원	拼音 yong.du.san.gong.won
	中譯 龍頭山公園
판문점	拼音 pan.mun.jo*m
	中譯 板門店
석굴암	拼音 so*k.gu.ram
	中譯 石窟庵
불국사	拼音 bul.guk.ssa
	中譯 佛國寺
제주도	拼音 je.ju.do
	中譯 濟州島

拍照

Track 058

사진 한 장 찍어 드릴까요?
sa.jin/han/jang/jji.go*/deu.ril.ga.yo
要幫您拍張照嗎?

解說

「- 아/어 드리다」表示為對方做某事，드리다
有尊敬對方的意涵。

實用例句

실례합니다. 사진 좀 찍어 주시겠습니까?
sil.lye.ham.ni.da//sa.jin/jom/jji.go*/ju.si.get.
sseum.ni.ga
不好意思，你可以幫我拍照嗎?

당신과 함께 사진을 찍어도 될까요?
dang.sin.gwa/ham.ge/sa.ji.neul/jji.go*.do/dwel.
ga.yo
我可以和你一起拍照嗎?

안에서 사진을 찍을 수 있습니까?
a.ne.so*/sa.ji.neul/jji.geul/ssu.it.sseum.ni.ga
裡面可以照相嗎?

여기서 사진을 찍어도 되나요?
yo*.gi.so*/sa.ji.neul/jji.go*.do/dwe.na.yo
這裡可以拍照嗎?

웃으세요.
u.seu.se.yo
笑一個!

사진 한 장 더 찍어 주시겠어요?
sa.jin/han/jang/do*/jji.go*/ju.si.ge.sso*.yo
你可以再幫我拍一張嗎?

사진 한 장 찍읍시다.
sa.jin/han/jang/jji.geup.ssi.da
一起拍照吧。

함께 찍으시겠습니까?
ham.ge/jji.geu.si.get.sseum.ni.ga
要一起照相嗎?

컬러 필름 한 통 주세요.
ko*.l.lo*/pil.leum/han/tong/ju.se.yo
請給我一卷彩色底片。

플래시를 사용해도 되나요?
peul.le*.si.reul/ssa.yong.he*.do/dwe.na.yo
可以使用閃光燈嗎?

이 셔터 버튼을 누르기만 하면 됩니다.
i/syo*.to*/bo*.teu.neul/nu.reu.gi.man/ha.myo*n/
dwem.ni.da

只要按下這個快門鍵就可以了。

저 폭포를 배경으로 사진을 찍읍시다.
jo*/pok.po.reul/be*.gyo*ng.eu.ro/sa.ji.neul/jji.
geup.ssi.da
我們以那個瀑布為背景拍張照吧。

이 건물을 배경으로 사진을 찍고 싶습니다.
i/go*n.mu.reul/be*.gyo*ng.eu.ro/sa.ji.neul/jjik.
go/sip.sseum.ni.da
我想以這個建築物為背景拍照。

여기서 우리들을 찍어 주십시오.
yo*.gi.so*/u.ri.deu.reul/jji.go*/ju.sip.ssi.o
請在這裡幫我們拍照。

어떻게 찍어 드릴까요?
o*.do*.ke/jji.go*/deu.ril.ga.yo
我要怎麼幫您拍？

카메라가 고장났습니다.
ka.me.ra.ga/go.jang.nat.sseum.ni.da
相機壞掉了。

여기서는 사진을 찍을 수 없습니다.
yo*.gi.so*.neun/sa.ji.neul/jji.geul/ssu/o*p.
sseum.ni.da
這裡不可以拍照。

죄송합니다. 여기서는 촬영 금지입니다.
jwe.song.ham.ni.da//yo*.gi.so*.neun/chwa.

ryo*ng/geum.ji.im.ni.da
對不起，這裡禁止攝影。

여기서 사진을 찍으면 안 됩니다.
yo*.gi.so*/sa.ji.neul/jji.geu.myo*n/an/dwem.
ni.da
不可以在這裡照相。

어디서 현상할 수 있습니까?
o*.di.so*/hyo*n.sang.hal/ssu/it.sseum.ni.ga
哪裡可以洗底片？

이 필름을 현상하고 싶습니다.
i/pil.leu.meul/hyo*n.sang.ha.go/sip.sseum.ni.da
我想洗這副底片。

相關單字

사진	拼音 sa.jin
	中譯 照片
앨범	拼音 e*l.bo*m
	中譯 相冊
카메라	拼音 ka.me.ra
	中譯 相機
디지털 카메라	拼音 di.ji.to*l/ka.me.ra
	中譯 數位相機
비디오 카메라	拼音 bi.di.o/ka.me.ra
	中譯 攝影機

자동 카메라	拼音 ja.dong/ka.me.ra
	中譯 傻瓜相機
일회용 카메라	拼音 il.hwe.yong/ka.me.ra
	中譯 拋棄式相機
렌즈	拼音 ren.jeu
	中譯 鏡頭
렌즈 뚜껑	拼音 ren.jeu/du.go*ng
	中譯 鏡頭蓋
셔터	拼音 syo*.to*
	中譯 快門
플래시	拼音 peul.le*.si
	中譯 閃光燈
조리개	拼音 jo.ri.ge*
	中譯 光圈
셀프타이머	拼音 sel.peu.ta.i.mo*
	中譯 自拍器
삼각대	拼音 sam.gak.de*
	中譯 三腳架
광선	拼音 gwang.so*n
	中譯 光線
초점	拼音 cho.jo*m
	中譯 焦距
노출	拼音 no.chul
	中譯 曝光
사이즈	拼音 sa.i.jeu
	中譯 尺寸
역광	拼音 yo*k.gwang
	中譯 逆光
사진관	拼音 sa.jin.gwan
	中譯 照相館

필름	拼音 pil.leum
	中譯 **底片**
흑백 필름	拼音 heuk.be*k/pil.leum
	中譯 **黑白底片**
컬러 필름	拼音 ko*l.lo*/pil.leum
	中譯 **彩色底片**
사진을 찍다	拼音 sa.ji.neul/jjik.da
	中譯 **拍照**
셔트를 누르다	拼音 syo*.teu.reul/nu.reu.da
	中譯 **按快門**

電影

關鍵短句

우리 영화 보러 갑시다.
u.ri/yo*ng.hwa/bo.ro*/gap.ssi.da
我們一起去看電影吧。

解說

「 - (으)ㅂ시다」表示向對方提出建議或邀請他
人一起做某事,相當於中文的「一起...吧」。

實用例句

요즘 어떤 영화를 상영하고 있습니까?
yo.jeum/o*.do*n/yo*ng.hwa.reul/ssang.yo*ng.
ha.go/it.sseum.ni.ga
最近有什麼電影上映?

오늘 좋은 영화를 상영해요.
o.neul/jjo.eun/yo*ng.hwa.reul/ssang.yo*ng.he*.
yo
今天有上映不錯的電影。

그 영화는 최신작이에요.
geu/yo*ng.hwa.neun/chwe.sin.ja.gi.e.yo
那部電影是最新作品。

한국 영화를 보고 싶어요.
han.guk/yo*ng.hwa.reul/bo.go/si.po*.yo
我想看韓國電影。

한국 영화를 좋아합니까?
han.guk/yo*ng.hwa.reul/jjo.a.ham.ni.ga
你喜歡韓國電影嗎?

영화 표 한 장 얼마입니까?
yo*ng.hwa/pyo/han/jang/o*l.ma.im.ni.ga
電影票一張多少錢?

한국 배우 중 누구를 가장 좋아합니까?
han.guk/be*.u/jung/nu.gu.reul/ga.jang/
jo.a.ham.ni.ga
韓國演員中你最喜歡誰?

영화 자주 보러 갑니까?
yo*ng.hwa/ja.ju/bo.ro*/gam.ni.ga
你常去看電影嗎?

요즘 무슨 좋은 영화를 봤습니까?
yo.jeum/mu.seun/jo.eun/yo*ng.hwa.reul/bwat.
sseum.ni.ga
你最近看了什麼好看的電影?

무슨 영화를 볼까요?
mu.seun/yo*ng.hwa.reul/bol.ga.yo
要看什麼電影?

내일 같이 영화 보러 갈까요?

ne*.il/ga.chi/yo*ng.hwa/bo.ro*/gal.ga.yo
明天一起去看電影，好嗎？

영화 어땠어요?
yo*ng.hwa/o*.de*.sso*.yo
電影好看嗎？

어떤 영화를 보고 싶어요?
o*.do*n/yo*ng.hwa/reul/bo.go/si.po*.yo
你想看什麼電影？

최근에 무슨 좋은 영화가 있나요?
chwe.geu.ne/mu.seun/jo.eun/yo*ng.hwa.ga/
in.na.yo
最近有什麼好電影嗎？

저는 공포 영화가 좋아요.
jo*.neun/gong.po/yo*ng.hwa.ga/jo.a.yo
我喜歡恐怖電影。

우리는 영화관에 가고 싶어요.
u.ri.neun/yo*ng.hwa.gwa.ne/ga.go/si.po*.yo
我們想去電影院。

보고 싶은 영화 있어요?
bo.go/si.peun/yo*ng.hwa/i.sso*.yo
你有想看的電影嗎？

이 영화의 주인공은 누구인가요?
i/yo*ng.hwa.ui/ju.in.gong.eun/nu.gu.in.ga.yo
這部電影的主角是誰？

영화관	**拼音** yo*ng.hwa.gwan
	中譯 電影院
영화	**拼音** yo*ng.hwa
	中譯 電影
야외 극장	**拼音** ya.we/geuk.jjang
	中譯 露天劇院
영화 극장	**拼音** yo*ng.hwa/geuk.jjang
	中譯 電影劇院
공포 영화	**拼音** gong.po/yo*ng.hwa
	中譯 恐怖電影
전쟁 영화	**拼音** jo*n.je*ng/yo*ng.hwa
	中譯 戰爭電影
액션 영화	**拼音** e*k.ssyo*n/yo*ng.hwa
	中譯 動作電影
멜로 영화	**拼音** mel.lo/yo*ng.hwa
	中譯 愛情電影
애니메이션	**拼音** e*.ni.me.i.syo*n
	中譯 動畫片
판타지 영화	**拼音** pan.ta.ji/yo*ng.hwa
	中譯 奇幻電影
무협 영화	**拼音** mu.hyo*p/yo*ng.hwa
	中譯 武俠電影
코믹영화	**拼音** ko.mi.gyo*ng.hwa
	中譯 喜劇片
성인엉화	**拼音** so*ng.i.nyu*ng.hwa
	中譯 成人電影
국산영화	**拼音** guk.ssa.nyo*ng.hwa
	中譯 國產電影

외화	拼音 we.hwa
	中譯 進口片
흑백영화	拼音 heuk.be*.gyo*ng.hwa
	中譯 黑白電影
시리즈물	拼音 si.ri.jeu.mul
	中譯 分集電影
시대극 영화	拼音 si.de*.geuk/yo*ng.hwa
	中譯 古裝片
다큐멘터리 영화	拼音 da.kyu.men.to*.ri/yo*ng. hwa
	中譯 記錄片
영화를 보다	拼音 yo*ng.hwa.reul/bo.da
	中譯 看電影
상영하다	拼音 sang.yo*ng.ha.da
	中譯 上映
영화를 촬영하다	拼音 yo*ng.hwa.reul/chwa. ryo*ng.ha.da
	中譯 拍電影
표이 매진되다	拼音 pyo.i/me*.jin.dwe.da
	中譯 票賣光了
상영시간	拼音 sang.yo*ng.si.gan
	中譯 上映時間
박스오피스	拼音 bak.sseu.o.pi.seu
	中譯 票房成績
흥행대작	拼音 heung.he*ng.de*.jak
	中譯 賣座片
배우	拼音 be*.u
	中譯 演員
여배우	拼音 yo*.be*.u
	中譯 女演員

남배우	拼音 nam.be*.u
	中譯 男演員
연기	拼音 yo*n.gi
	中譯 演技
대사	拼音 de*.sa
	中譯 對白
자막	拼音 ja.mak
	中譯 字幕
더빙	拼音 do*.bing
	中譯 配音
스크린	拼音 seu.keu.rin
	中譯 銀幕
영화삽입곡	拼音 yo*ng.hwa.sa.bip.gok
	中譯 電影插曲
영화제목	拼音 yo*ng.hwa.je.mok
	中譯 片名
영화제	拼音 yo*ng.hwa.je
	中譯 電影節
주인공	拼音 ju.in.gong
	中譯 主角
조연	拼音 jo.yo*n
	中譯 配角
엑스트라	拼音 ek.sseu.teu.ra
	中譯 臨時演員
영화감독	拼音 yo*ng.hwa.gam.dok
	中譯 電影導演
제작자	拼音 je.jak.jja
	中譯 製作人

表演／展覽

關鍵短句

6시 공연 표를 사고 싶습니다.
yo*.so*t.ssi/gong.yo*n/pyo.reul/ssa.go/
sip.sseum.ni.da
我想買六點的公演票。

解說

幾點鐘的韓語要使用韓語固有數字表示，所以 6
시（六點）要講成여섯 시。

實用例句

티켓은 어디서 삽니까?
ti.ke.seun/o*.di.so*/sam.ni.ga
票要在哪裡買？

난타를 보고 싶은데요.
nan.ta.reul/bo.go/si.peun.de.yo
我想看亂打秀。

여기서 표를 살 수 있습니까?
yo*.gi.so*/pyo.reul/ssal/ssu/it.sseum.ni.ga
哪裡可以買票？

오늘 공연은 무엇입니까?
o.neul/gong.yo*.neun/mu.o*.sim.ni.ga
今天的表演是什麼？

어떤 것이 인기가 있습니까?
o*.do*n/go*.si/in.gi.ga/it.sseum.ni.ga
哪一個比較受歡迎？

안으로 들어가도 됩니까?
a.neu.ro/deu.ro*.ga.do/dwem.ni.ga
我可以進去嗎？

자리를 예약하고 싶습니다.
ja.ri.reul/ye.ya.ka.go/sip.sseum.ni.da
我想預約位子。

오늘 표는 아직 있습니까?
o.neul/pyo.neun/a.jik/it.sseum.ni.ga
今天的票還有嗎？

가장 싼 표는 얼마입니까?
ga.jang/ssan/pyo.neun/o*l.ma.im.ni.ga
最便宜的票多少錢？

매표소는 어디에 있습니까?
me*.pyo.so.neun/o*.di.e/it.sseum.ni.ga
售票處在哪裡？

중국어로 된 안내 자료가 있습니까?
jung.gu.go*.ro/dwen/an.ne*/ja.ryo.ga/it.sseum.
ni.ga

有中文的介紹資料嗎？

시작은 몇 시입니까?
si.ja.geun/myo*t/si.im.ni.ga
幾點開始？

음악을 좋아합니까?
eu.ma.geul/jjo.a.ham.ni.ga
你喜歡音樂嗎？

소녀시대의 콘서트에 가고 싶습니다.
so.nyo*.si.de*.ui/kon.so*.teu.e/ga.go/sip.
sseum.ni.da
我想去看少女時代的演唱會。

오늘 광장에서 음악회를 열 겁니다.
o.neul/gwang.jang.e.so*/eu.ma.kwe.reul/yo*l/
go*m.ni.da
今天在廣場會舉辦音樂會。

저한테 음악회 입장권 두 장이 있는데, 같이 갈
래요?
jo*.han.te/eu.ma.kwe/ip.jjang.gwon/du/jang.i/
in.neun.de//ga.chi/gal.le*.yo
我有兩張音樂會的入場卷，要一起去嗎？

뮤지컬을 좋아합니까?
myu.ji.ko*.reul/jjo.a.ham.ni.ga
你喜歡音樂劇嗎？

바이올린 음악회가 있는데 같이 갈까요？

바이올린/으마궤가/인는데/가치/갈.
ba.i.ol.lin/eu.ma.kwe.ga/in.neun.de/ga.chi/gal.
ga.yo
有小提琴音樂會，你要一起去嗎？

저는 재즈를 매우 좋아합니다.
jo*.neun/je*.jeu.reul/me*.u/jo.a.ham.ni.da
我很喜歡爵士樂。

앙코르!
ang.ko.reu
（觀眾喊出的）再唱一次！

할인 티켓은 있나요?
ha.rin/ti.ke.seun/in.na.yo
有打折票嗎？

표가 이미 매진되었습니다.
pyo.ga/i.mi/me*.jin.dwe.o*t.sseum.ni.da
票已經賣完了。

위층 좌석으로 두 장 주십시오.
wi.cheung/jwa.so*.geu.ro/du/jang/ju.sip.ssi.o
請給我兩張坐樓上的票。

아직 좋은 자리는 있나요?
a.jik/jo.eun/ja.ri.neun/in.na.yo
還有好位子嗎？

가장 좋은 좌석은 얼마입니까?
ga.jang/jo.eun/jwa.so*.geun/o*l.ma.im.ni.ga
最好的位子多少錢？

밤 공연은 있나요?
bam/gong.yo*.neun/in.na.yo
有晚上的表演嗎？

지금은 무엇을 전시하고 있나요?
ji.geu.meun/mu.o*.seul/jjo*n.si.ha.go/in.na.yo
現在在展示什麼？

전시회가 일요일마다 열어요?
jo*n.si.hwe.ga/i.ryo.il.ma.da/yo*.ro*.yo
展示會每個星期日都有開嗎？

같이 전시회 보러 갈까요?
ga.chi/jo*n.si.hwe/bo.ro*/gal.ga.yo
一起去看展覽，好嗎？

함께 미술 전시회에 보러 갑시다.
ham.ge/mi.sul/jo*n.si.hwe.e/bo.ro*/gap.ssi.da
一起去看美術展吧。

가장 유명한 박물관은 어디입니까?
ga.jang/yu.myo*ng.han/bang.mul.gwa.neun/
o*.di.im.ni.ga
最有名的博物館在哪？

이 작품은 어느 시대의 것입니까?
i/jak.pu.meun/o*.neu/si.de*.ui/go*.sim.ni.ga
這個作品是哪一個時代的？

이 작품이 가장 유명합니까?
i/jak.pu.mi/ga.jang/yu.myo*ng.ham.ni.ga

這個作品最有名嗎?

이건 누구 작품입니까?
i.go*n/nu.gu/jak.pu.mim.ni.ga
這是誰的作品?

이 그림을 찍어도 될까요?
i/geu.ri.meul/jji.go*.do/dwel.ga.yo
我可以拍這張圖畫嗎?

작품에 손 대지 마십시오.
jak.pu.me/son/de*.ji/ma.sip.ssi.o
請勿用手觸摸作品。

相關單字

문화회관	拼音 mun.hwa.hwe.gwan
	中譯 文化會館
예술청	拼音 ye.sul.cho*ng
	中譯 藝術廳
문화 센터	拼音 mun.hwa/sen.to*
	中譯 文化中心
공연	拼音 gong.yo*n
	中譯 表演
입장권	拼音 ip.jjang.gwon
	中譯 門票
무료	拼音 mu.ryo
	中譯 免費

티켓	拼音 ti.ket
	中譯 票
어른	拼音 o*.reun
	中譯 大人
어린이	拼音 o*.ri.ni
	中譯 兒童
연극	拼音 yo*n.geuk
	中譯 戲劇
오페라	拼音 o.pe.ra
	中譯 歌劇
무용극	拼音 mu.yong.geuk
	中譯 舞蹈劇
주인공	拼音 ju.in.gong
	中譯 主角
주연	拼音 ju.yo*n
	中譯 主演
관객	拼音 gwan.ge*k
	中譯 觀眾
박수하다	拼音 bak.ssu.ha.da
	中譯 鼓掌
극장	拼音 geuk.jjang
	中譯 劇場
막	拼音 mak
	中譯 幕
대본	拼音 de*.bon
	中譯 劇本
대사	拼音 de*.sa
	中譯 台詞
대화	拼音 de*.hwa
	中譯 對話

무대	拼音 mu.de*
	中譯 舞台
인물	拼音 in.mul
	中譯 人物
연출	拼音 yo*n.chul
	中譯 演出
복장	拼音 bok.jjang
	中譯 服裝
배경 음악	拼音 be*.gyo*ng/eu.mak
	中譯 背景音樂
각광	拼音 gak.gwang
	中譯 腳燈
스포트라이트	拼音 seu.po.teu.ra.i.teu
	中譯 聚光燈
그림 전시회	拼音 geu.rim/jo*n.si.hwe
	中譯 畫展
스케치	拼音 seu.ke.chi
	中譯 素描
수묵화	拼音 su.mu.kwa
	中譯 水墨畫
서양화	拼音 so*.yang.hwa
	中譯 西洋畫
서예전	拼音 so*.ye.jo*n
	中譯 書法展
사진전	拼音 sa.jin.jo*n
	中譯 攝影展
조각전	拼音 jo.gak.jjo*n
	中譯 雕刻展
도예전	拼音 do.ye.jo*n
	中譯 陶藝展

밴드	拼音 be*n.deu
	中譯 樂團
그룹	拼音 geu.rup
	中譯 組合
팬클럽	拼音 pe*n.keul.lo*p
	中譯 歌迷俱樂部
가수	拼音 ga.su
	中譯 歌手
리드보컬	拼音 ri.deu.bo.ko*l
	中譯 主唱
드러머	拼音 deu.ro*.mo*
	中譯 鼓手
지휘자	拼音 ji.hwi.ja
	中譯 指揮
합창단	拼音 hap.chang.dan
	中譯 合唱團
악단	拼音 ak.dan
	中譯 樂團
반주	拼音 ban.ju
	中譯 伴奏
악대	拼音 ak.de*
	中譯 樂隊
고전 음악	拼音 go.jo*n/eu.mak
	中譯 古典音樂
클래식	拼音 keul.le*.sik
	中譯 古典音樂
관현악	拼音 gwan.hyo*.nak
	中譯 管弦樂
교향곡	拼音 gyo.hyang.gok
	中譯 交響樂

독주곡　　　　　拼音 dok.jju.gok
　　　　　　　　中譯 **獨奏曲**

헤비메탈　　　　拼音 he.bi.me.tal
　　　　　　　　中譯 **重金屬樂**

전통무용　　　　拼音 jo*n.tong.mu.yong
　　　　　　　　中譯 **傳統舞蹈**

민속무용　　　　拼音 min.song.mu.yong
　　　　　　　　中譯 **民俗舞蹈**

탈춤　　　　　　拼音 tal.chum
　　　　　　　　中譯 **假面舞**

KTV唱歌

Track 061

關鍵短句

뭘 부를래요?
mwol/bu.reul.le*.yo
你要唱什麼？

解說

「 - (으)ㄹ래요?」表示詢問對方的意志或意向。

實用例句

같이 노래방에 갈까요?
ga.chi/no.re*.bang.e/gal.ga.yo
一起去KTV，好嗎？

먼저 부르세요.
mo*n.jo*/bu.reu.se.yo
你先唱吧。

제일 잘 하는 노래는 뭐예요?
je.il/jal/ha.neun/no.re*.neun/mwo.ye.yo
你最會唱的歌是什麼？

전 한국노래를 잘 모르거든요.

jo*n/han.gung.no.re*.reul/jjal/mo.reu.go*.deu.
nyo
我不太知道韓文歌。

목소리가 좋으시네요.
mok.sso.ri.ga/jo.eu.si.ne.yo
你的聲音真棒！

저는 최신노래를 잘 모릅니다.
jo*.neun/chwe.sin.no.re*.reul/jjal/mo.reum.ni.da
我不知道最新的歌曲。

한국 노래를 부를 줄 알아요?
han.guk/no.re*.reul/bu.reul/jjul/a.ra.yo
你會唱韓文歌嗎？

저는 한국 노래를 부를 줄 모릅니다.
jo*.neun/han.guk/no.re*.reul/bu.reul/jjul/
mo.reum.ni.da
我不會唱韓文歌。

한국 노래방 가 본 적 있나요?
han.guk/no.re*.bang/ga/bon/jo*k/in.na.yo
你去過韓國的練歌房嗎？

왜 노래를 안 부르세요?
we*/no.re*.reul/an/bu.reu.se.yo
你為什麼不唱歌呢？

노래방 시간당 얼마예요?
no.re*.bang/si.gan.dang/o*l.ma.ye.yo

練歌房一個小時多少錢？

일본노래	拼音 il.bon.no.re*	
	中譯 日本歌	
한국노래	拼音 han.gung.no.re*	
	中譯 韓語歌	
영어노래	拼音 yo*ng.o*.no.re*	
	中譯 英語歌	
중국노래	拼音 jung.gung.no.re*	
	中譯 中文歌	
가사	拼音 ga.sa	
	中譯 歌詞	
작곡가	拼音 jak.gok.ga	
	中譯 作曲家	
작사가	拼音 jak.ssa.ga	
	中譯 作詞家	
음반	拼音 eum.ban	
	中譯 唱片	
옛날 곡	拼音 yen.nal/gok	
	中譯 老歌	
신곡	拼音 sin.gok	
	中譯 新歌	
가라오케	拼音 ga.ra.o.ke	
	中譯 卡拉OK	
대중가요	拼音 de*.jung.ga.yo	
	中譯 大眾歌謠	

紀念品

關鍵語句

(엽서는 팝니까?
yo*p.sso*.neun/pam.ni.ga
有賣明信片嗎?)

解說

語幹末音的「ㄹ」出現在「ㅅ」開頭的語尾前方時會脫落。

엽서는 어디 삽니까?
yo*p.sso*.neun/o*.di/sam.ni.ga
明信片在哪裡買?

기념품 가게는 어디에 있습니까?
gi.nyo*m.pum/ga.ge.neun/o*.di.e/it.sseum.ni.ga
紀念品店在哪裡?

인기가 있는 기념품은 무엇입니까?
in.gi.ga/in.neun/gi.nyo*m.pu.meun/mu.o*.sim.
ni.ga
比較受歡迎的紀念品是什麼?

친구들에게 줄 기념품을 사고 싶습니다.
chin.gu.deu.re.ge/jul/gi.nyo*m.pu.meul/ssa.go/
sip.sseum.ni.da
我想買送給朋友的紀念品。

相關單字

기념품	拼音 gi.nyo*m.pum
	中譯 紀念品
열쇠 고리	拼音 yo*l.swe/go.ri
	中譯 鑰匙圈
기념 우표	拼音 gi.nyo*m/u.pyo
	中譯 紀念郵票
한복 인형	拼音 han.bok/in.hyo*ng
	中譯 韓服娃娃
기념 티셔츠	拼音 gi.nyo*m/ti.syo*.cheu
	中譯 紀念 T 恤
장식품	拼音 jang.sik.pum
	中譯 裝飾品
부채	拼音 bu.che*
	中譯 扇子
도장	拼音 do.jang
	中譯 印章
필통	拼音 pil.tong
	中譯 鉛筆盒

夜店/酒吧

오늘 밤 몇 시부터 시작합니까?
o.neul/bam/myo*t/si.bu.to*/si.ja.kam.ni.ga
今天晚上幾點開始?

「부터」表示某一動作、狀態或時間的起點。

분위기 좋은 나이트 클럽을 아십니까?
bu.nwi.gi/jo.eun/na.i.teu/keul.lo*.beul/a.sim.
ni.ga
您知道哪裡有氣氛不錯的夜店嗎?

이 근처에 나이트 클럽이 있습니까?
i/geun.cho*.e/na.i.teu/keul.lo*.bi/it.sseum.ni.ga
這附近有夜店嗎?

룸 하나 빌리고 싶은데요.
rum/ha.na/bil.li.go/si.peun.de.yo
我想借一間包廂。

가라오케는 있나요?

ga.ra.o.ke.neun/in.na.yo
有卡拉OK嗎？

함께 춤을 추시겠습니까?
ham.ge/chu.meul/chu.si.get.sseum.ni.ga
可以和你一起跳舞嗎？

어떤 종류의 양주가 있나요?
o*.do*n/jong.nyu.ui/yang.ju.ga/in.na.yo
有哪些種類的洋酒？

무슨 술을 하시겠습니까?
mu.seun/su.reul/ha.si.get.sseum.ni.ga
您要喝什麼酒？

맥주 있어요?
me*k.jju/i.sso*.yo
有啤酒嗎？

얼음 좀 주세요.
o*.reum/jom/ju.se.yo
請給我冰塊。

술은 어떤 게 있습니까?
su.reun/o*.do*n/ge/it.sseum.ni.ga
酒有哪些？

어떤 술을 좋아하세요?
o*.do*n/su.reul/jjo.a.ha.se.yo
你喜歡喝什麼酒？

이 술은 독한가 봐요.
i/su.reun/do.kan.ga/bwa.yo
這酒好像很烈。

다른 곳으로 가서 더 마실까요?
da.reun/go.seu.ro/ga.so*/do*/ma.sil.ga.yo
要不要再去其他地方喝？

칵테일 있습니까?
kak.te.il/it.sseum.ni.ga
有雞尾酒嗎？

술 메뉴 좀 볼 수 있을까요?
sul/me.nyu/jom/bol/su/i.sseul.ga.yo
我可以看酒單嗎？

저는 술을 못 마십니다.
jo*.neun/su.reul/mot/ma.sim.ni.da
我不會喝酒。

相關單字

나이트 클럽	**拼音** na.i.teu/keul.lo*p	
	中譯 夜店	
술집	**拼音** sul jip	
	中譯 酒吧	
맥주	**拼音** me*k.jju	
	中譯 啤酒	

소주	拼音 so.ju
	中譯 燒酒
와인	拼音 wa.in
	中譯 紅酒
생맥주	拼音 se*ng.me*k.jju
	中譯 生啤酒
위스키	拼音 wi.seu.ki
	中譯 威士忌
브랜디	拼音 beu.re*n.di
	中譯 白蘭地
양주	拼音 yang.ju
	中譯 洋酒
화이트와인	拼音 hwa.i.teu.wa.in
	中譯 白酒
샴페인	拼音 syam.pe.in
	中譯 香檳
칵테일	拼音 kak.te.il
	中譯 雞尾酒
과실주	拼音 gwa.sil.ju
	中譯 水果酒
막걸리	拼音 mak.go*l.li
	中譯 米酒
청주	拼音 cho*ng.ju
	中譯 清酒
흑맥주	拼音 heung.me*k.jju
	中譯 黑啤酒
캔맥주	拼音 ke*n.me*k.jju
	中譯 罐裝啤酒
꼬냑	拼音 go.nyak
	中譯 科尼亞克白蘭地酒

인삼주 　　　　　拼音 in.sam.ju
　　　　　　　　中譯 人參酒

보드카 　　　　　拼音 bo.deu.ka
　　　　　　　　中譯 伏特加

술을 따르다 　　　拼音 su.reul/da.reu.da
　　　　　　　　中譯 倒酒

遊樂園

🎵 Track 064

關鍵旬

오늘은 우리 롯데월드에 가기로 했어요.
o.neu.reun/u.ri/rot.de.wol.deu.e/
ga.gi.ro/he*.sso*.yo
今天我們決定去樂天世界了。

解說

「 - 기로 하다」表示說話者的決心或決定，另外也可以表示和他人約好要進行的某種行為。

實用例句

이곳의 식당은 어디입니까?
i.go.sui/sik.dang.eun/o*.di.im.ni.ga
這裡的餐廳在哪裡？

오늘 놀이 공원에는 많은 사람들이 있었어요.
o.neul/no.ri/gong.wo.ne.neun/ma.neun/sa.ram.
deu.ri/i.sso*.sso*.yo
今天遊樂園裡有很多人。

자유 입장권은 얼마입니까?
ja.yu/ip.jjang.gwo.neun/o*l.ma.im.ni.ga
自由入場卷要多少錢？

사람이 너무 많아서 많이 타지도 못했네요.
sa.ra.mi/no*.mu/ma.na.so*/ma.ni/ta.ji.do/
mo.te*n.ne.yo
人太多了，很多都玩不到。

놀이기구 타는 것을 좋아하십니까?
no.ri.gi.gu/ta.neun/go*.seul/jjo.a.ha.sim.ni.ga
你喜歡搭乘遊樂設施嗎？

회전목마를 타고 싶어요.
hwe.jo*n.mong.ma.reul/ta.go/si.po*.yo
我想玩旋轉木馬。

相關單字

유원지	拼音 yu.won.ji
	中譯 遊樂園
놀이동산	拼音 no.ri.dong.san
	中譯 遊樂園
놀이 기구	拼音 no.ri/gi.gu
	中譯 遊樂設施
회전목마	拼音 hwe.jo*n.mong.ma
	中譯 旋轉木馬
롤러코스터	拼音 rol.lo*.ko.seu.to*
	中譯 雲霄飛車
범퍼카	拼音 bo*m.po*.ka
	中譯 碰碰車

美髮

파마하고 싶어요.
pa.ma.ha.go/si.po*.yo
我想燙髮。

解說

「아/어요」為普通尊敬形,可以使用在敘述句
或疑問句上,是韓國人日常生活中最常用的尊敬
形態。

實用例句

머리를 감겨 주세요.
mo*.ri.reul/gam.gyo*/ju.se.yo
我要洗頭。

스트레이트 퍼머를 해 주세요.
seu.teu.re.i.teu/po*.mo*.reul/he*/ju.se.yo
請幫我燙直髮。

조금만 다듬어 주세요.
jo.geum.man/da.deu.mo*/ju.se.yo
幫我稍微修一下。

갈색으로 염색해 주세요.
gal.sse*.geu.ro/yo*m.se*.ke*/ju.se.yo
請幫我染褐色。

퍼머를 굵게 해 드릴까요? 아니면 가늘게 해 드릴까요?
po*.mo*.reul/gul.ge/he*/deu.ril.ga.yo//a.ni.
myo*n/ga.neul.ge/he*/deu.ril.ga.yo
你要燙大捲，還是小捲？

너무 짧게 자르지 마세요.
no*.mu/jjap.ge/ja.reu.ji/ma.se.yo
請別剪得太短。

머리 염색을 하고 싶습니다.
mo*.ri/yo*m.se*/geul/ha.go/sip.sseum.ni.da
我想染髮。

머리를 어떻게 해 드릴까요?
mo*.ri.reul/o*.do*.ke/he*/deu.ril.ga.yo
你要用什麼髮型？

어떻게 잘라 드릴까요?
o*.do*.ke/jal.la/deu.ril.ga.yo
要怎麼幫你剪？

거울을 보십시오.
go*.u.reul/bo.sip.ssi.o
請照鏡子。

헤어 스타일	拼音 he.o*/seu.ta.il
	中譯 髮型
롱헤어	拼音 rong.he.o*
	中譯 長髮
쇼트헤어	拼音 syo.teu.he.o*
	中譯 短髮
생머리	拼音 se*ng.mo*.ri
	中譯 直髮
곱슬머리	拼音 gop.sseul.mo*.ri
	中譯 捲髮
대머리	拼音 de*.mo*.ri
	中譯 光頭
뒤로 묶은 머리	拼音 dwi.ro/mu.geun/mo*.ri
	中譯 馬尾
머리를 자르다	拼音 mo*.ri.reul/jja.reu.da
	中譯 剪頭髮
머리를 빗다	拼音 mo*.ri.reul/bit.da
	中譯 梳頭髮
머리를 묶다	拼音 mo*.ri.reul/muk.da
	中譯 綁頭髮
머리를 감다	拼音 mo*.ri.reul/gam.da
	中譯 洗頭髮
가르마를 타다	拼音 ga.reu.ma.reul/ta.da
	中譯 分髮線
드라이하다	拼音 deu.ra.i.ha.da
	中譯 吹乾
파마하다	拼音 pa.ma.ha.da
	中譯 燙髮

整型

Track 066

關鍵短句

> 저는 좋은 성형외과를 찾고 있습니다.
> jo*.neun/jo.eun/so*.ng.hyo*.ng.we.gwa.reul/
> chat.go/it.sseum.ni.da
> 我在找不錯的整型外科。

解說

「- 고 있다」表示某一動作的進行或持續,相當於中文的「正在...」。

코 성형 수술 잘하는 곳 아세요?
ko/so*.ng.hyo*.ng/su.sul/jal.ha.neun/got/a.se.yo
你知道哪裡有鼻子整型手術做的不錯的地方嗎?

좋은 성형외과를 추천해 주세요.
jo.eun/so*.ng.hyo*.ng.we.gwa.reul/chu.cho*n.
he*/ju.se.yo
請推薦不錯的整型外科給我。

저는 지방 흡입수술을 하려고 해요.
jo*.neun/ji.bang/heu.bip.ssu.su.reul/ha.ryo*.go/
he*.yo

我想做抽指手術。

쌍꺼풀 재수술 하고 싶은데 성형외과 좋은 곳 있을까요?
ssang.go*.pul/je*.su.sul/ha.go/si.peun.de/
so*ng.hyo*ng.we.gwa/jo.eun/got/i.sseul.ga.yo
我想做割雙眼皮的手術，有不錯的整型外科嗎？

相關單字

성형 수술	拼音 so*ng.hyo*ng/su.sul
	中譯 整型手術
성형외과 의사	拼音 so*ng.hyo*ng.we.gwa/ui.sa
	中譯 整型外科醫生
눈 성형	拼音 nun/so*ng.hyo*ng
	中譯 眼部整型
쌍커풀 성형수술	拼音 ssang.ko*.pul/so*ng.hyo*ng.su.sul
	中譯 雙眼皮整型手術
주름살 제거수술	拼音 ju.reum.sal/jje.go*.su.sul
	中譯 去除皺紋手術
얼굴윤곽 교정수술	拼音 o*l.gu.ryun.gwak/gyo.jo*ng.su.sul
	中譯 臉部輪廓矯正手術
지방 흡입	拼音 ji.bang/heu.bip
	中譯 抽指
가슴 성형	拼音 ga.seum/so*ng.hyo*ng
	中譯 胸部整型

PART7

緊急情況

問路

Track 067

關鍵短句

> 운동장에 가려면 이 길이 맞습니까?
> un.dong.jang.e/ga.ryo*.myo*n/i/gi.ri/
> mat.sseum.ni.ga
> **去運動場走這條路沒錯嗎?**

解說

「-(으)려면」表示假設有某一計畫或意圖,相當於中文的「想要...的話...」。

實用例句

실례지만 길 좀 물어도 될까요?
sil.lye.ji.man/gil/jom/mu.ro*.do/dwel.ga.yo
不好意思,可以問路嗎?

말씀 좀 묻겠습니다. 경복궁은 어디에 있죠?
mal.sseum/jom/mut.get.sseum.ni.da//gyo*ng.
bok.gung.eun/o*.di.e/it.jjyo
請問一下,景福宮在哪裡呢

롯데 백화점은 어디에 있습니까?
rot.de/be*.kwa.jo*.meun/o*.di.e/it.sseum.ni.ga
樂天百貨公司在哪裡?

기차역은 어떻게 갑니까?
gi.cha.yo*.geun/o*.do*.ke/gam.ni.ga
火車站要怎麼去?

동물원까지 어떻게 가는지 가르쳐 주시겠어요?
dong.mu.rwon.ga.ji/o*.do*.ke/ga.neun.ji/ga.reu.
cho*/ju.si.ge.sso*.yo
可以告訴我怎麼去動物園嗎?

이 근처에 은행이 있습니까?
i/geun.cho*.e/eun.he*ng.i/it.sseum.ni.ga
這附近有銀行嗎?

이곳은 어디입니까?
i.go.seun/o*.di.im.ni.ga
這裡是哪裡?

죄송한데요, 길을 가르쳐주실 수 있습니까?
jwe.song.han.de.yo//gi.reul/ga.reu.cho*.ju.sil/
su.it.sseum.ni.ga
不好意思,可以告訴我怎麼走嗎?

서울시립미술관에는 어떻게 가면 됩니까?
so*.ul.si.rim.mi.sul.gwa.ne.neun/o*.do*.ke/
ga.myo*n/dwem.ni.ga
首爾市立美術館要怎麼去?

약도를 그려 주시겠어요?
yak.do.reul/geu.ryo*/ju.si.ge.sso*.yo
可以幫我畫略圖嗎?

이 방향이 맞습니까?
i/bang.hyang.i/mat.sseum.ni.ga
是這個方向嗎？

걸어서 몇 분 걸려요?
go*.ro*.so*/myo*t/bun/go*l.lyo*.yo
走路要花幾分鐘？

저기 있는 안내 표시를 따라 가세요.
jo*.gi/in.neun/an.ne*/pyo.si.reul/da.ra/ga.se.yo
你按照那裡的標示路牌走。

이 길을 건너 가세요.
i/gi.reul/go*n.no*/ga.se.yo
請過這條馬路。

대략 20분 정도 걸려요.
de*.ryak/i.sip.bun/jo*ng.do/go*l.lyo*.yo
大概要花20分鐘。

길을 잘못 드셨어요.
gi.reul/jjal.mot/deu.syo*.sso*.yo
你走錯路了。

길을 가르쳐 주셔서 감사합니다.
gi.reul/ga.reu.cho*/ju.syo*.so*/gam.sa.ham.
ni.da
謝謝你為我指路。

실례하지만 제가 길을 잃었는데요. 당신은 이 지
역을 잘 아십니까?

sil.lye.ha.ji.man/je.ga/gi.reul/i.ro*n.neun.de.yo//
dang.si.neun/i/ji.yo*.geul/jjal/a.sim.ni.ga
不好意思，我迷路了，您對這一帶熟嗎？

우체국이 어디에 있는지 아십니까?
u.che.gu.gi/o*.di.e/in.neun.ji/a.sim.ni.ga
您知道郵局在哪裡嗎？

국립고궁박물관으로 가는 길을 좀 가르쳐 주시
겠습니까?
gung.nip.go.gung.bang.mul.gwa.neu.ro/
ga.neun/gi.reul/jjom/ga.reu.cho*/ju.si.get.
sseum.ni.ga
你可以告訴我怎麼去國立故宮博物館嗎？

김치박물관으로 가려면 어느 길로 가야 합니까?
gim.chi.bang.mul.gwa.neu.ro/ga.ryo*.myo*n/
o*.neu/gil.lo/ga.ya/ham.ni.ga
如果要去泡菜博物館，該走哪一條路呢？

그곳은 지하철 역에서 가깝나요?
geu.go.seun/ji.ha.cho*l/yo*.ge.so*/ga.gam.
na.yo
那裡離地鐵站近嗎？

첫번째 모퉁이에서 좌회전 하십시오.
cho*t.bo*n.jje*/mo.tung.i.e.so*/jwa.hwe.jo*n/
ha.sip.ssi.o
請在第一個路口左轉。

병원은 경희대 옆에 위치하고 있습니다.

byo*ng.wo.neun/gyo*ng.hi.de*/yo*.pe/wi.chi.
ha.go.it.sseum.ni.da
醫院位在慶熙大學的旁邊。

여기서 멉니까?
yo*.gi.so*/mo*m.ni.ga
離這裡遠嗎？

여기서 가깝습니까?
yo*.gi.so*/ga.gap.sseum.ni.ga
離這裡近嗎？

멀지 않아요. 아주 가까워요.
mo*l.ji/a.na.yo//a.ju/ga.ga.wo.yo
不遠，很近。

이 길을 따라 쭉 가십시오.
i/gi.reul/da.ra/jjuk/ga.sip.ssi.o
請沿著這條路一直走。

삼거리가 나오면 오른쪽으로 가세요.
sam.go*.ri.ga/na.o.myo*n/o.reun.jjo.geu.ro/
ga.se.yo
到了三叉路口後右轉。

경찰에게 물어보십시오.
gyo*ng.cha.re.ge/mu.ro*.bo.sip.ssi.o
您可以問警察。

길을 모르시면 택시를 타도 됩니다.
gi.reul/mo.reu.si.myo*n/te*k.ssi.reul/ta.do/

dwem.ni.da
如果不知道路，也可以搭乘計程車。

실례지만 여기서 시청까지 아직 멉니까?
sil.lye.ji.man/yo*.gi.so*/si.cho*ng.ga.ji/a.jik/
mo*m.ni.ga
不好意思，請問這裡離市政廳還很遠嗎？

걸어서 갈 수 있습니까?
go*.ro*.so*/gal/ssu/it.sseum.ni.ga
用走得可以到嗎？

相關單字

도로	拼音 do.ro
	中譯 道路
큰길	拼音 keun.gil
	中譯 馬路
사거리	拼音 sa.go*.ri
	中譯 十字路口
육교	拼音 yuk.gyo
	中譯 天橋
표지판	拼音 pyo.ji.pan
	中譯 路牌
횡단보도	拼音 hweng.dan.bo.do
	中譯 人行步道
지하도	拼音 ji.ha.do
	中譯 地下道

골목	拼音 gol.mok
	中譯 小巷子
언덕길	拼音 o*n.de*k.gil
	中譯 坡路
지름길	拼音 ji.reum.gil
	中譯 捷徑
신호등	拼音 sin.ho.deung
	中譯 紅綠燈
입구	拼音 ip.gu
	中譯 入口
출구	拼音 chul.gu
	中譯 出口

尋求幫助

어느 분이 절 도와 주시겠어요?
o*.neu/bu.ni/jo*l/do.wa/ju.si.ge.sso*.yo
誰能幫我的忙？

解
說

「절」是「저를」的縮寫用法。

좀 도와 주시겠습니까?
jom/do.wa/ju.si.get.sseum.ni.ga
可以幫忙嗎？

제발 도와주세요.
je.bal/do.wa.ju.se.yo
拜託幫幫我。

어떻게 도와 드릴까요?
o*.do*.ke/do.wa/deu.ril.ga.yo
要怎麼幫您呢？

도움 좀 요청해도 되겠습니까?
do.um/jom/yo.cho*ng.he*.do/dwe.get.sseum.

ni.ga
可以請您幫個忙嗎？

도와주셔서 감사합니다.
do.wa.ju.syo*.so*/gam.sa.ham.ni.da
謝謝你的幫助。

저를 좀 도와주시겠어요?
jo*.reul/jjom/do.wa.ju.si.ge.sso*.yo
可以幫我嗎？

무엇을 도와 드릴까요?
mu.o*.seul/do.wa/deu.ril.ga.yo
要幫您什麼？

뭐가 필요하세요?
mwo.ga/pi.ryo.ha.se.yo
您需要什麼嗎？

뭐 좀 부탁 드려도 돼요?
mwo/jom/bu.tak/deu.ryo*.do/dwe*.yo
可以拜託你幫忙嗎？

저를 좀 도와 주십시오.
jo*.reul/jjom/do.wa/ju.sip.ssi.o
請幫幫我。

짐 좀 옮겨 주시겠어요?
jim/jom/om.gyo*/ju.si.ge.sso*.yo
可以幫我搬行李嗎？

意外狀況

關鍵短句

어디서 잃어버렸는지 모르겠어요.
o*.di.so*/i.ro*.bo*.ryo*n.neun.ji/
mo.reu.ge.sso*.yo
我不知道在哪裡弄丟的。

解說

「 - (으)ㄴ/는/ㄹ지」接在動詞、形容詞、이
다、아니다的語幹後方，表示疑惑或不確定的連
結語尾。

길을 잃었어요. 여기가 어디죠?
gi.reul/i.ro*.sso*.yo*/yo*.gi.ga/o*.di.jyo
我迷路了，這裡是哪裡呢？

전 방향을 잃었어요.
jo*n/bang.hyang.eul/i.ro*.sso*.yo
我失去方向了。

여권을 잃어버렸습니다.
yo*.gwo.neul/i.ro*.bo*.ryo*t.sseum.ni.da
我的護照弄丟了。

제 가방을 어디에 두었는지 생각이 나지 않습니다.
je/ga.bang.eul/o*.di.e/du.o*n.neun.ji/se*ng.
ga.gi/na.ji/an.sseum.ni.da
我想不起來我把包包放在哪裡。

제 지갑이 보이지 않습니다. 어떡하죠?
je/ji.ga.bi/bo.i.ji/an.sseum.ni.da//o*.do*.ka.jyo
我的錢包不見了，怎麼辦？

어디서 분실하셨는지 기억나세요?
o*.di.so*/bun.sil.ha.syo*n.neun.ji/gi.o*ng.na.se.
yo
您記得是在哪裡不見的嗎？

제가 짐을 버스에 두고 내렸습니다.
je.ga/ji.meul/bo*.seu.e/du.go/ne*.ryo*t.sseum.
ni.da
我把行李忘在公車上了。

누군가 제 지갑을 훔쳐 갔습니다.
nu.gun.ga/je/ji.ga.beul/hum.cho*/gat.sseum.
ni.da
有人把我的錢包偷走了。

제 열쇠를 잃어버렸습니다.
je/yo*l.swe.reul/i.ro*.bo*.ryo*t.sseum.ni.da
我的鑰匙不見了。

막차를 놓쳤어요. 어떡하죠?
mak.cha.reul/not.cho*.sso*.yo//o*.do*.ka.jyo

我錯過末班車了，怎麼辦？

위험해요 !
wi.ho*m.he*.yo
危險！

저 다쳤습니다.
jo*/da.cho*t.sseum.ni.da
我受傷了。

경찰에 신고해 주세요.
gyo*ng.cha.re/sin.go.he*/ju.se.yo
請幫我報警。

구급차를 불러 주세요.
gu.geup.cha.reul/bul.lo*/ju.se.yo
請幫我叫計程車。

큰일 났어요!
keu.nil/na.sso*.yo
糟了！

살려주세요.
sal.lyo*.ju.se.yo
救命！

聽不懂

한국어를 할 줄 몰라요.
han.gu.go*.reul/hal/jjul/mol.la.yo
我不會講韓文。

「 - (으)ㄹ 줄 알다/모르다」表示是否知道做某事的方法或有無其能力。

천천히 말씀해 주시겠어요?
cho*n.cho*n.hi/mal.sseum.he*/ju.si.ge.sso*.yo
可以說慢一點嗎？

무슨 뜻이에요?
mu.seun/deu.si.e.yo
什麼意思？

이해가 안 돼요.
i.he*.ga/an/dwe*.yo
我不懂。

정말 이해 못하겠어요.

jo*ng.mal/i.he*/mo.ta.ge.sso*.yo
難以理解。

죄송해요. 잘 이해를 못하겠어요.
jwe.song.he*.yo//jal/i.he*.reul/mo.ta.ge.sso*.yo
對不起，我不太懂你的意思。

잘 못 알아들었습니다.
jal/mot/a.ra.deu.ro*t.sseum.ni.da
我聽不太懂。

다시 한번 말해 주시겠어요?
da.si/han.bo*n/mal.he*/ju.si.ge.sso*.yo
你可以再說一次嗎？

미안하지만 다시 한번 말씀해 주시겠습니까?
mi.an.ha.ji.man/da.si/han.bo*n/mal.sseum.he*/
ju.si.get.sseum.ni.ga
對不起，請您再講一次。

죄송하지만 못 알아듣겠는데요.
jwe.song.ha.ji.man/mot/a.ra.deut.gen.neun.
de.yo
對不起，我聽不懂。

방금 뭐라고 말씀하셨습니까?
bang.geum/mwo.ra.go/mal.sseum.ha.syo*t.
sseum.ni.ga
您剛才說什麼？

잘 안 들립니다.

jal/an/deul.lim.ni.da
我聽不清楚。

큰 소리로 얘기해 주세요.
keun/so.ri.ro/ye*.gi.he*/ju.se.yo
請講大聲一點。

제가 하는 말을 이해하겠습니까?
je.ga/ha.neun/ma.reul/i.he*.ha.get.sseum.ni.ga
我說的話你懂嗎?

말이 너무 빨라서 알아들을 수 없어요.
ma.ri/no*.mu/bal.la.so*/a.ra.deu.reul/ssu/o*p.
sso*.yo
你說的太快了，我聽不懂。

한국어를 알아듣기는 하지만 말은 잘하지 못합
니다.
han.gu.go*.reul/a.ra.deut.gi.neun/ha.ji.man/
ma.reun/jal.ha.jji/mo.tam.ni.da
我聽得懂韓文，但我不太會講。

다시 한 번 설명해 주십시오.
da.si/han/bo*n/so*l.myo*ng.he*/ju.sip.ssi.o
請您再說一次。

저는 한국 사람이 아닙니다. 천천히 말씀해 주세
요.
jo*.neun/han.guk/sa.ra.mi/a.nim.ni.da//cho*n.
cho*n.hi/mal.sseum.he*/ju.se.yo
我不是韓國人，請您慢慢說。

뭐라고요? 다시 말해줘요.
mwo.ra.go.yo//da.si/mal.he*.jjwo.yo
什麼？你再說一遍。

뭐라고요? 잘 안 들려요.
mwo.ra.go.yo//jal/an/deul.lyo*.yo
什麼？我聽不見。

좀 더 알기 쉽게 설명해 주실래요?
jom/do*/al.gi/swip.ge/so*l.myo*ng.he*/ju.sil.le*.
yo
請你說得再清楚一點。

전혀 안 들려요.
jo*n.hyo*/an/deul.lyo*.yo
完全聽不見。

무슨 뜻인지 잘 모르겠어요.
mu.seun/deu.sin.ji/jal/mo.reu.ge.sso*.yo
不知道那是什麼意思。

求醫

關鍵短句

물을 많이 마시도록 하세요.
mu.reul/ma.ni/ma.si.do.rok/ha.se.yo
盡量多喝水。

解說

「도록」為連結語尾，表示使之達到某種程度或目標的意思。

實用例句

어디가 아프세요?
o*.di.ga/a.peu.se.yo
哪裡不舒服嗎？

증상이 어떻게 되시죠?
jeung.sang.i/o*.do*.ke/dwe.si.jyo
您有什麼症狀？

열은 있습니까?
yo*.reun/it.sseum.ni.ga
有發燒嗎？

열이 있습니다. 그리고 머리가 어지러워요.

yo*.ri/it.sseum.ni.da//geu.ri.go/mo*.ri.ga/o*.ji.
ro*.wo.yo
發燒，又頭暈。

계속 기침이 나오. 그리고 목이 아파요.
gye.sok/gi.chi.mi/na.yo//geu.ri.go/mo.gi/a.pa.yo
一直咳嗽，還會喉嚨痛。

몸이 아픕니다.
mo.mi/a.peum.ni.da
我身體不舒服。

목이 아파요.
mo.gi/a.pa.yo
喉嚨痛。

정말 피곤해 죽겠어요.
jo*ng.mal/pi.gon.he*/juk.ge.sso*.yo
真的快累死了。

머리가 아파요.
mo*.ri.ga/a.pa.yo
頭痛。

다리를 다쳤어요.
da.ri.reul/da.cho*.sso*.yo
腿受傷了。

발을 삐었어요.
ba.reul/bi.o*.sso*.yo
腳扭到了。

피가 나요.
pi.ga/na.yo
流血了。

이빨이 아파요.
i.ba.ri/a.pa.yo
牙痛。

배가 아파요.
be*.ga/a.pa.yo
肚子痛。

두통이 심해요.
du.tong.i/sim.he*.yo
頭痛很嚴重。

감기에 걸린 것 같아요.
gam.gi.e/go*l.lin/go*t/ga.ta.yo
我好像感冒了。

충분한 휴식을 취하십시오.
chung.bun.han/hyu.si.geul/chwi.ha.sip.ssi.o
請務必好好休息。

숨을 들이쉬세요.
su.meul/deu.ri.swi.se.yo
吸氣。

숨을 내쉬세요.
su.meul/ne*.swi.se.yo
吐氣。

머리를 다쳐서 많이 아파요.
mo*.ri.reul/da.cho*.so*/ma.ni/a.pa.yo
我的頭受傷了，很痛。

무릎 관절을 삐었습니다.
mu.reup/gwan.jo*.reul/bi.o*t.sseum.ni.da
膝蓋關節扭傷了。

목이 쉬었어요.
mo.gi/swi.o*.sso*.yo
我喉嚨啞了。

피가 멈추지 않습니다.
pi.ga/mo*m.chu.ji/an.sseum.ni.da
血流不止。

혈압을 재겠습니다.
hyo*.ra.beul/jje*.get.sseum.ni.da
來量血壓。

저는 알레르기 체질입니다.
jo*.neun/al.le.reu.gi/che.ji.rim.ni.da
我是過敏體質。

병원에 어떻게 가나요?
byo*ng.wo.ne/o*.do*.ke/ga.na.yo
醫院怎麼去？

相關單字

내과	拼音 ne*.gwa
	中譯 內科
외과	拼音 we.gwa
	中譯 外科
피부과	拼音 pi.bu.gwa
	中譯 皮膚科
소아과	拼音 so.a.gwa
	中譯 小兒科
산부인과	拼音 san.bu.in.gwa
	中譯 婦產科
치과	拼音 chi.gwa
	中譯 牙科
안과	拼音 an.gwa
	中譯 眼科
비뇨기과	拼音 bi.nyo.gi.gwa
	中譯 泌尿科
이비인후과	拼音 i.bi.in.hu.gwa
	中譯 耳鼻喉科
정형외과	拼音 jo*ng.hyo*ng.we.gwa
	中譯 骨科
성형외과	拼音 so*ng.hyo*ng.we.gwa
	中譯 整型外科
내분비내과	拼音 ne*.bun.bi.ne*.gwa
	中譯 內分泌科
신장내과	拼音 sin.jang.ne*.gwa
	中譯 腎臟科
의사	拼音 ui.sa
	中譯 醫生
가정의사	拼音 ga.jo*ng.ui.sa
	中譯 家庭醫師

간호사	拼音 gan.ho.sa
	中譯 護士
환자	拼音 hwan.ja
	中譯 患者
약사	拼音 yak.ssa
	中譯 藥劑師
영양사	拼音 yo*ng.yang.sa
	中譯 營養師
주사기	拼音 ju.sa.gi
	中譯 針筒
링겔	拼音 ring.gel
	中譯 點滴
청진기	拼音 cho*ng.jin.gi
	中譯 聽診器
체온계	拼音 che.on.gye
	中譯 體溫計
마스크	拼音 ma.seu.keu
	中譯 口罩

藥局

博錦短句

이 약은 식후에 드세요.
i/ya.geun/si.ku.e/deu.se.yo
這個藥請在飯後服用。

解說

「이」為指示代名詞，表示離說話者較近的事物，相當於中文的「這」。

實用例句

가장 가까운 약국은 어디입니까?
ga.jang/ga.ga.un/yak.gu.geun/o*.di.im.ni.ga
最近的藥局在哪裡？

두통약을 사고 싶어요.
du.tong.ya.geul/ssa.go/si.po*.yo
我想買頭痛的藥。

처방전이 필요합니다.
cho*.bang.jo*.ni/pi.ryo.ham.ni.da
需要處方籤。

감기에 좋은 약이 있어요?

gam.gi.e/jo.eun/ya.gi.i.sso*.yo
有治感冒效果很好的藥嗎？

약 하루에 몇 번 먹습니까?
yak/ha.ru.e/myo*t/bo*n/mo*k.sseum.ni.ga
藥一天要吃幾次？

이 약은 부작용이 없나요?
i/ya.geun/bu.ja.gyong.i/o*m.na.yo
這個藥沒有副作用嗎？

머리가 아픕니다. 약이 있습니까?
mo*.ri.ga/a.peum.ni.da//ya.gi/it.sseum.ni.ga
我頭痛，有藥嗎？

진통제가 있나요?
jin.tong.je.ga/in.na.yo
有止痛藥嗎？

이 약은 어떻게 복용하나요?
i/ya.geun/o*.do*.ke/bo.gyong.ha.na.yo
這個藥該怎麼吃？

위장약을 주세요.
wi.jang.ya.geul/jju.se.yo
請給我胃腸藥。

제게 반창고를 주세요.
je.ge/ban.chang.go.reul/jju.se.yo
給我ＯＫ繃。

파스를 주십시오.
pa.seu.reul/jju.sip.ssi.o
我要買貼布。

이 약은 감기에 효과가 빠릅니다.
i/ya.geun/gam.gi.e/hyo.gwa.ga/ba.reum.ni.da
這個藥對感冒很有效。

이 약은 기침에 좋은 효과가 있습니다.
i/ya.geun/gi.chi.me/jo.eun/hyo.gwa.ga/
it.sseum.ni.da
這個藥對咳嗽有不錯的效果。

멀미약 좀 주시겠어요?
mo*l.mi.yak/jom/ju.si.ge.sso*.yo
可以給我暈車藥嗎？

相關單字

두통약	拼音 du.tong.yak
	中譯 頭痛藥
위장약	拼音 wi.jang.yak
	中譯 胃腸藥
변비약	拼音 byo*n.bi.yak
	中譯 便秘藥
감기약	拼音 gam.gi.yak
	中譯 感冒藥

안약	拼音 a.nyak
	中譯 眼藥水
소화제	拼音 so.hwa.je
	中譯 消化劑
해열제	拼音 he*.yo*l.je
	中譯 退燒藥
진통제	拼音 jin.tong.je
	中譯 止痛藥
수면제	拼音 su.myo*n.je
	中譯 安眠藥
한약	拼音 ha.nyak
	中譯 中藥
보약	拼音 bo.yak
	中譯 補藥
알약	拼音 a.ryak
	中譯 藥丸
물약	拼音 mul.lyak
	中譯 藥水
좌약	拼音 jwa.yak
	中譯 栓劑
가루약	拼音 ga.ru.yak
	中譯 藥粉
캡슐	拼音 ke*p.ssyul
	中譯 膠囊
외용약	拼音 we.yong.yak
	中譯 外用藥
내복약	拼音 ne*.bong.nyak
	中譯 內服藥
연고	拼音 yo*n.go
	中譯 藥膏

백신	拼音 be*k.ssin
	中譯 疫苗
찜질파스	拼音 jjim.jil.pa.seu
	中譯 貼布
아스피린	拼音 a.seu.pi.rin
	中譯 阿斯匹靈
면봉	拼音 myo*n.bong
	中譯 棉花棒
거즈	拼音 go*.jeu
	中譯 紗布
붕대	拼音 bung.de*
	中譯 繃帶
탈지면	拼音 tal.jji.myo*n
	中譯 藥棉
반창고	拼音 ban.chang.go
	中譯 OK繃

認識韓國人

關鍵短句

안녕하세요. 저는 대만에서 왔습니다.
an.nyo*ng.ha.se.yo//jo*.neun/de*.ma.ne.so*/
wat.sseum.ni.da

你好，我從台灣來的。

解說

助詞「에서」在這裡表示某個行為或狀態的出發點及起點。

實用例句

저는 이숙민입니다. 만나서 반갑습니다.
jo*.neun/i.sung.mi.nim.ni.da//man.na.so*/ban.
gap.sseum.ni.da

我是李淑敏，很高興見到您。

저는 박민영이라고 합니다.
jo*.neun/bang.mi.nyo*ng.i.ra.go/ham.ni.da

我叫朴敏英。

저는 김태희입니다. 한국 사람입니다.
jo*.neun/gim.te*.hi.im.ni.da./han.guk/sa.ra.mim.
ni.da

我叫做金泰熙，是韓國人。

성함이 어떻게 되세요?
so*ng.ha.mi/o*.do*.ke/dwe.se.yo
你尊姓大名？

성함을 여쭤 봐도 될까요?
so*ng.ha.meul/yo*.jjwo/bwa.do/dwel.ga.yo
請問您貴姓大名？

저도 동해 씨를 알게 되어 기쁩니다.
jo*.do/dong.he*/ssi.reul/al.ge/dwe.o*/gi.beum.
ni.da
東海，我也很高興認識你。

이름이 뭐예요?
i.reu.mi/mwo.ye.yo
你叫什麼名字？

이쪽은 제 친구 장동건입니다.
i.jjo.geun/je/chin.gu/jang.dong.go*.nim.ni.da
這位是我的朋友張東健。

당신은 한국 사람입니까?
dang.si.neun/han.guk/sa.ra.mim.ni.ga
你是韓國人嗎？

만나서 반갑습니다. 앞으로 많이 도와 수십시오.
man.na.so*/ban.gap.sseum.ni.da//a.peu.ro/
ma.ni/do.wa/ju.sip.ssi.o
很高興認識你，往後請多幫助。

아니에요. 저는 대만 사람입니다.
a.ni.e.yo//jo*.neun/de*.man/sa.ra.mim.ni.da
不，我是台灣人。

좋은 친구가 되었으면 합니다.
jo.eun/chin.gu.ga/dwe.o*.sseu.myo*n/ham.
ni.da
希望我們可以成為好朋友。

어느 나라에서 왔습니까?
o*.neu/na.ra.e.so*/wat.sseum.ni.ga
你從哪裡來的？ / 你是哪國人？

주소와 전화번호를 알 수 있을까요?
ju.so.wa/jo*n.hwa.bo*n.ho.reul/al/ssu/i.sseul.
ga.yo
可以告訴我你住的地址和電話號碼嗎？

언제 한국에 오셨어요?
o*n.je/han.gu.ge/o.syo*.sso*.yo
你什麼時候來韓國的？

相關單字

아가씨　　　　拼音 a.ga.ssi
　　　　　　　中譯 小姐
아저씨　　　　拼音 a.jo*.ssi
　　　　　　　中譯 大叔

손님	拼音 son.nim
	中譯 客人
젊은이	拼音 jo*l.meu.ni
	中譯 年輕人
할아버지	拼音 ha.ra.bo*.ji
	中譯 老爺爺
할머니	拼音 hal.mo*.ni
	中譯 老奶奶
아주머니	拼音 a.ju.mo*.ni
	中譯 阿姨
부인	拼音 bu.in
	中譯 夫人 / 太太
여사	拼音 yo*.sa
	中譯 女士
선생	拼音 so*n.se*ng
	中譯 先生
어린이	拼音 o*.ri.ni
	中譯 小孩子
친구	拼音 chin.gu
	中譯 朋友
선생님	拼音 so*n.se*ng.nim
	中譯 老師
손님	拼音 son.nim
	中譯 客人

與朋友相遇

關鍵短句

다시 만나서 정말 반가워요.
da.si/man.na.so*/jo*ng.mal/ban.ga.wo.yo
真的很高興再見到你。

解說

「반갑다」為ㅂ的不規則變化詞彙之一，當ㅂ在
母音開頭的語尾 (아/어요、아/어서、았/었等)
的前方時，ㅂ會變成「우」。

實用例句

정말 오래간만이에요. 잘 지내세요?
jo*ng.mal/o.re*.gan.ma.ni.e.yo//jal/jji.ne*.se.yo
真的好久不見，你過得好嗎？

요즘 어떻게 지내고 계세요?
yo.jeum/o*.do*.ke/ji.ne*.go/gye.se.yo
您最近過得怎麼樣？

많이 변하셨군요.
ma.ni/byo*n.ha.syo*t.gu.nyo
你變很多呢！

저는 잘 지냈어요.
jo*.neun/jal/jji.ne*.sso*.yo
我過得很好。

오랜만이에요.
o.re*n.ma.ni.e.yo
好久不見。

그동안 잘 지내셨어요?
geu.dong.an/jal/jji.ne*.syo*.sso*.yo
您最近過得好嗎？

덕분에 잘 지냈어요.
do*k.bu.ne/jal/jji.ne*.sso*.yo
託您的福，我過得很好。

여전히 그래요.
yo*.jo*n.hi/geu.re*.yo
還是那樣囉！

어떻게 여기에 오셨습니까?
o*.do*.ke/yo*.gi.e/o.syo*t.sseum.ni.ga
你怎麼會來這裡？

보고 싶었어요.
bo.go/si.po*.sso*.yo
很想念你。

和朋友聊天

關鍵短句

가족은 몇 분이나 됩니까?
ga.jo.geun/myo*t/bu.ni.na/dwem.ni.ga
你家有幾個人？

解說

「(이)나」接在表示數量的名詞之後，表示大約的數量或程度。

實用例句

우리 가족은 모두 다섯 명입니다.
u.ri/ga.jo.geun/mo.du/da.so*t/myo*ng.im.ni.da
我家共有五個人。

집이 어디에 있습니까?
ji.bi/o*.di.e/it.sseum.ni.ga
你家在哪裡？

고향은 어디에 있어요?
go.hyang.eun/o*.di.e/i.sso*.yo
你的故鄉在哪裡？

집이 타이페이에 있습니다.

ji.bi/ta.i.pe.i.e/it.sseum.ni.da
我家在台北。

언니가 둘 있는데 오빠는 없습니다.
o*n.ni.ga/dul/in.neun.de/o.ba.neun/o*p.sseum.
ni.da
我有兩個姐姐，沒有哥哥。

형제가 있나요?
hyo*ng.je.ga/in.na.yo
你有兄弟姊妹嗎？

당신의 취미는 무엇입니까?
dang.si.nui/chwi.mi.neun/mu.o*.sim.ni.ga
您的興趣是什麼？

제 취미는 영화감상입니다.
je/chwi.mi.neun/yo*ng.hwa.gam.sang.im.ni.da
我的興趣是看電影。

이 사진은 어디서 찍은 거예요?
i/sa.ji.neun/o*.di.so*/jji.geun/go*.ye.yo
這張照片是在哪裡拍的呢？

이것은 대만에서 찍은 사진입니다.
i.go*.seun/dae*.ma.ne.so*/jji.geun/sa.ji.nim.ni.da
這是我在台灣拍的照片。

저는 다이어트 중입니다.
jo*.neun/da.i.o*.teu/jung.im.ni.da
我在減肥。

어떤 음악을 좋아합니까?
o*.do*n/eu.ma.geul/jjo.a.ham.ni.ga
你喜歡什麼音樂？

악기를 칠 줄 아세요?
ak.gi.reul/chil/jul/a.se.yo
你會彈樂器嗎？

이 노래의 작곡가가 누군지 알아요?
i/no.re*.ui/jak.gok.ga.ga/nu.gun.ji/a.ra.yo
你知道這首歌的作曲者是誰嗎？

한국노래를 좋아해요, 영어노래를 좋아해요?
han.gung.no.re*.reul/jjo.a.he*.yo//yo*ng.o*.no.
re*.reul/jjo.a.he*.yo
你喜歡韓文歌，還是英文歌？

어떤 영화를 즐겨 보세요?
o*.do*n/yo*ng.hwa.reul/jjeul.gyo*/bo.se.yo
你喜歡看什麼電影？

특별히 좋아하는 배우가 있어요?
teuk.byo*l.hi/jo.a.ha.neun/be*.u.ga/i.sso*.yo
你有特別喜歡的演員嗎？

운동을 좋아하십니까?
un.dong.eul/jjo.a.ha.sim.ni.ga
你喜歡運動嗎？

저는 스포츠광입니다.
jo*.neun/seu.po.cheu.gwang.im.ni.da

我是體育迷。

어떤 운동을 좋아합니까?
o*.do*n/un.dong.eul/jjo.a.ham.ni.ga
你喜歡哪種運動？

결혼하셨습니까?
gyo*l.hon.ha.syo*t.sseum.ni.ga
你結婚了嗎？

아직 결혼하지 않았어요. 전 아직 혼자입니다.
a.jik/gyo*l.hon.ha.ji/a.na.sso*.yo//jo*n/a.jik/hon.
ja.im.ni.da
我還沒結婚，仍是單身。

유학한 적이 있습니까?
yu.ha.kan/jo*.gi/it.sseum.ni.ga
曾經留學過嗎？

어느 대학교를 다니셨습니까?
o*.neu/de*.hak.gyo.reul/da.ni.syo*t.sseum.
ni.ga
你就讀什麼大學？

무엇을 공부하고 있습니까?
mu.o*.seul/gong.bu.ha.go/it.sseum.ni.ga
你在學什麼呢？

한국어를 배우고 싶습니다.
han.gu.go*.reul/be*.u.go/sip.sseum.ni.da
我想學韓文。

316

집에서 회사까지 멉니까?
ji.be.so*/hwe.sa.ga.ji/mo*m.ni.ga
家裡到公司會遠嗎？

한국에는 처음 오셨습니까?
han.gu.ge.neun/cho*.eum/o.syo*t.sseum.ni.ga
您是第一次來韓國嗎？

어디 가 보고 싶은 곳이 있습니까?
o*.di/ga/bo.go/si.peun/go.si/it.sseum.ni.ga
有哪裡想去的地方嗎？

대만요리를 먹어 본 적이 있나요?
de*.ma.nyo.ri.reul/mo*.go*/bon/jo*.gi/in.na.yo
你吃過台灣菜嗎？

제가 가 볼만한 몇 군데를 추천해 드릴까요?
je.ga/ga/bol.man.han/myo*t/gun.de.reul/chu.cho*n.he*/deu.ril.ga.yo
要我為您介紹幾個不錯的地方嗎？

지금 대학교 1학년입니다.
ji.geum/de*.hak.gyo/il.hang.nyo*.nim.ni.da
現在是大學一年級。

저는 화장품 회사에서 일합니다.
jo*.neun/hwa.jang.pum/hwe.sa.e.so*/il.ham.ni.da
我在化妝品公司工作。

한국 요리를 좋아해요?
han.guk/yo.ri.reul/jjo.a.he*.yo
你喜歡吃韓國料理嗎？

전 한식을 좋아합니다.
jo*n/han.si.geul/jjo.a.ham.ni.da
我喜歡韓式料理。

남자친구가 있습니까?
nam.ja.chin.gu.ga/it.sseum.ni.ga
你有男朋友嗎？

어떤 여자를 좋아해요?
o*.do*n/yo*.ja.reul/jjo.a.he*.yo
你喜歡怎麼樣的女生？

저는 남자친구를 사귄 적이 없어요.
jo*.neun/nam.ja.chin.gu.reul/ssa.gwin/jo*.gi/
o*p.sso*.yo
我沒交過男朋友。

키가 큰 남자가 좋아요.
ki.ga/keun/nam.ja.ga/jo.a.yo
我喜歡個子高的男生。

사귄 지 2년이 됩니다.
sa.gwin/ji/i.nyo*.ni/dwem.ni.da
交往有兩年了。

전 시간이 있으면 등산을 갑니다.
jo*n/si.ga.ni/i.sseu.myo*n/deung.sa.neul/gam.

ni.da
我有時間的話，我會去爬山。

여가를 어떻게 보내세요?
yo*.ga.reul/o*.do*.ke/bo.ne*.se.yo
你怎麼打發閒暇的時間？

한국말을 참 잘하시네요.
han.gung.ma.reul/cham/jal.ha.ssi.ne.yo
您韓語講得真好。

당신 참 친절하시네요.
dang.sin/cham/chin.jo*l.ha.si.ne.yo
您真親切。

뭐 하나 여쭤봐도 돼요?
mwo/ha.na/yo*.jjwo.bwa.do/dwe*.yo
我能問您一個問題嗎？

마음에 드십니까?
ma.eu.me/deu.sim.ni.ga
你喜歡嗎？

무슨 일을 하십니까?
mu.seun/i.reul/ha.sim.ni.ga
你在做什麼工作？

나이가 어떻게 되십니까?
na.i.ga/o*.do*.ke/dwe.sim.ni.ga
你幾歲？

여기의 풍경은 참 아름답습니다.
yo*.gi.ui/pung.gyo*ng.eun/cham/a.reum.dap.
sseum.ni.da
這裡的風景真美。

서울에는 어떤 관광지들이 있습니까?
so*.u.re.neun/o*.do*n/gwan.gwang.ji.deu.ri/
it.sseum.ni.ga
首爾有哪些觀光地？

같이 점심 식사를 합시다.
ga.chi/jo*m.sim/sik.ssa.reul/hap.ssi.da
一起吃午餐吧。

相關單字

우표수집	拼音 u.pyo.su.jip
	中譯 收集郵票
여행하기	拼音 yo*.he*ng.ha.gi
	中譯 旅行
음악감상	拼音 eu.mak.gam.sang
	中譯 聽音樂
쇼핑하기	拼音 syo.ping.ha.gi
	中譯 購物
영화감상	拼音 yo*ng.hwa.gam.sang
	中譯 看電影
게임하기	拼音 ge.im.ha.gi
	中譯 玩遊戲

사진 찍기	拼音 sa.jin/jjik.gi
	中譯 拍照
회화	拼音 hwe.hwa
	中譯 繪畫
서예	拼音 so*.ye
	中譯 書法
낚시	拼音 nak.ssi
	中譯 釣魚
등산	拼音 deung.san
	中譯 登山
독서	拼音 dok.sso*
	中譯 讀書
댄스	拼音 de*n.seu
	中譯 跳舞

打電話

關鍵短句

여보세요, 누굴 찾으세요?
yo*.bo.se.yo//nu.gul/cha.jeu.se.yo
喂,請問找哪位?

解說

「누굴」是「누구를」的縮寫用法,在口語中經常使用。

시외전화는 어떻게 겁니까?
si.we.jo*n.hwa.neun/o*.do*.ke/go*m.ni.ga
如何撥打市外電話?

시내전화는 어떻게 겁니까?
si.ne*.jo*n.hwa.neun/o*.do*.ke/go*m.ni.ga
如何撥打市內電話呢?

국제전화를 하려고 합니다. 어떻게 걸어야 합니까?
guk.jje.jo*n.hwa.reul/ha.ryo*.go/ham.ni.da//
o*.do*.ke/go*.ro*.ya/ham.ni.ga
我想打國際電話,該怎麼打呢?

공중전화는 어디에 있습니까?
gong.jung.jo*n.hwa.neun o*.di.e it.sseum.ni.ga
公共電話在哪裡？

당신 전화번호는 몇 번입니까?
dang.sin/jo*n.hwa.bo*n.ho.neun/myo*t/bo*.nim.ni.ga
你的電話號碼幾號？

여기서 국제전화를 할 수 있나요?
yo*.gi.so*/guk.jje.jo*n.hwa.reul/hal/ssu/in.na.yo
這裡可以打國際電話嗎？

국제전화를 해 주실 수 있습니까?
guk.jje.jo*n.hwa.reul/he*/ju.sil/su/it.sseum.ni.ga
可以幫我撥打國際電話嗎？

박신혜 씨 있습니까?
bak.ssin.hye/ssi/it.sseum.ni.ga
樸信惠在嗎？

여보세요, 서울 호텔이죠?
yo*.bo.se.yo/so*.ul/ho.te.ri.jyo
喂，請問是首爾飯店嗎？

전화 기다릴게요.
jo*n.hwa/gi.da.ril.ge.yo
我等你的電話。

여보세요, 김선생님 댁이지요?
yo*.bo.se.yo//gim.so*n.se*ng.nim/de*.gi.ji.yo

喂，是金老師的家嗎？

실례지만, 누구시죠?
sil.lye.ji.man//nu.gu.si.jyo
不好意思，您是哪位？

괜찮아요. 제가 나중에 다시 걸죠.
gwe*n.cha.na.yo//je.ga/na.jung.e/da.si/go*l.jyo
沒關係，我以後再打。

전화 주셔서 감사합니다.
jo*n.hwa/ju.syo*.so*/gam.sa.ham.ni.da
謝謝您的來電。

핸드폰 번호는 몇 번입니까?
he*n.deu.pon/bo*n.ho.neun/myo*t/bo*.nim.
ni.ga
你的手機號碼是幾號？

메시지 남기시겠어요?
me.si.ji/nam.gi.si.ge.sso*.yo
您要留言嗎？

통화중입니다.
tong.hwa.jung.im.ni.da
占線中。

相關單字

전화번호	拼音 jo*n.hwa.bo*n.ho
	中譯 電話號碼
지역번호	拼音 ji.yo*k.bo*n.ho
	中譯 區域代碼
국가번호	拼音 guk.ga.bo*n.ho
	中譯 國際代碼
내선번호	拼音 ne*.so*n.bo*n.ho
	中譯 分機號碼
국제전화	拼音 guk.jje.jo*n.hwa
	中譯 國際電話
시내전화	拼音 si.ne*.jo*n.hwa
	中譯 市話
시외전화	拼音 si.we.jo*n.hwa
	中譯 長途電話
내선전화	拼音 ne*.so*n.jo*n.hwa
	中譯 分機
공중전화	拼音 gong.jung.jo*n.hwa
	中譯 公眾電話
무선전화	拼音 mu.so*n.jo*n.hwa
	中譯 無線電話
유선전화	拼音 yu.so*n.jo*n.hwa
	中譯 有線電話
콜렉트콜	拼音 ko*l.lek.teu.kol
	中譯 對方付費電話
무료 전화	拼音 mu.ryo/jo*n.hwa
	中譯 免付費電話
전화	拼音 jo*n.hwa
	中譯 電話
휴대폰	拼音 hyu.de*.pon
	中譯 手機

핸드폰	拼音 he*n.deu.pon
	中譯 手機
문자 메시지	拼音 mun.ja/me.si.ji
	中譯 簡訊
로밍 서비스	拼音 ro.ming/so*.bi.seu
	中譯 漫遊服務
수화기	拼音 su.hwa.gi
	中譯 聽筒
송화기	拼音 song.hwa.gi
	中譯 話筒
진동	拼音 jin.dong
	中譯 震動
착신 멜로디	拼音 chak.ssin/mel.lo.di
	中譯 來電旋律
핸드폰 배터리	拼音 he*n.deu.pon/be*.to*.ri
	中譯 手機電池
통화중	拼音 tong.hwa.jung
	中譯 占線中
전화카드	拼音 jo*n.hwa.ka.deu
	中譯 電話卡
전화번호부	拼音 jo*n.hwa.bo*n.ho.bu
	中譯 電話簿
전화를 걸다	拼音 jo*n.hwa.reul/go*l.da
	中譯 打電話

NOTE BOOK

PART9
搭機回國

訂機票

Track 077

(8월1일 대만으로 가는 항공편이 있습니까?
pa.rwo.ri.ril/de*.ma.neu.ro/ga.neun/hang.gong.
pyo*.ni/it.sseum.ni.ga
請問有8月1號飛往台灣的班機嗎？)

解
說

韓語中的幾月幾號，要使用漢字音數字，所以8
月1일(8月1日)要講成「팔월일일」。

實用例句

대만으로 가는 비행기표를 사려고 합니다.
de*.ma.neu.ro/ga.neun/bi.he*ng.gi.pyo.reul/
ssa.ryo*.go/ham.ni.da
我想買飛往台灣的機票。

대만행 비행기를 예약하고 싶습니다.
de*.man.he*ng/bi.he*ng.gi.reul/ye.ya.ka.go/sip.
sseum.ni.da
我想訂飛往台灣的機票。

보통 객석표를 주십시오.
bo.tong/ge*k.sso*k.pyo.reul/jju.sip.ssi.o

我要普通艙的機票。

이 비행기는 직항입니까?
i/bi.he*ng.gi.neun/ji.kang.im.ni.ga
這班飛機是直航班機嗎？

편도 항공편을 주십시오.
yo*n.do/hang.gong.pyo*.neul/jju.sip.ssi.o
請給我單程機票。

어떤 좌석으로 하시겠습니까?
o*.do*n/jwa.so*.geu.ro/ha.si.get.sseum.ni.ga
您要哪種位子呢？

비지니스 클래스로 주세요.
bi.ji.ni.seu/keul.le*.seu.ro/ju.se.yo
請給我商務艙。

미안합니다. 7월10일에는 빈 좌석이 없습니다.
mi.an.ham.ni.da//chi.rwol.si.bi.re.neun/bin/jwa.
so*.gi/o*p.sseum.ni.da
對不起，七月十號沒有空位了。

편도로 가장 싼 것은 얼마입니까?
pyo*n.do.ro/ga.jang/ssan/go*.seun/o*l.ma.im.
ni.ga
最便宜的單程票是多少錢？

7월 10일의 예약을 취소하고 7월 12일로 예약
하고 싶습니다.
chi.rwol/si.bi.rui/ye.ya.geul/chwi.so.ha.go/chi.

330
331

旅遊必備的韓語一本通

rwol/si.bi.il.lo/ye.ya.ka.go/sip.sseum.ni.da

我想取消7月10號的訂位，想改成預約7月12號。

밤 비행기는 빈 자리가 있어요?

bam/bi.he*ng.gi.neun/bin/ja.ri.ga/i.sso*.yo

晚上的飛機有空位嗎？

어디서 비행기를 갈아탑니까?

o*.di.so*/bi.he*ng.gi.reul/ga.ra.tam.ni.ga

在哪裡轉機？

저 비행기를 놓쳤어요. 어떡해요?

jo*/bi.he*ng.gi.reul/not.cho*.sso*.yo//o*.do*.ke*.yo

我錯過飛機了，怎麼辦？

相關單字

비행기	**拼音** bi.he*ng.gi
	中譯 飛機
항공사	**拼音** hang.gong.sa
	中譯 航空公司
국제선	**拼音** guk.jje.so*n
	中譯 國際航班
국내선	**拼音** gung.ne*.so*n
	中譯 國內航班

이코노믹 클래스	拼音 i.ko.no.mik/keul.le*.seu
	中譯 **經濟艙**
비즈니스 클래스	拼音 bi.jeu.ni.seu/keul.le*.seu
	中譯 **商務艙**
퍼스트 클래스	拼音 po*.seu.teu/keul.le*.seu
	中譯 **頭等艙**
비행기표	拼音 bi.he*ng.gi.pyo
	中譯 **機票**
편도티켓	拼音 pyo*n.do.ti.ket
	中譯 **單程票**
왕복티켓	拼音 wang.bok.ti.ket
	中譯 **往返票**

確認機位

Track 078

歸鄉短句

> 내일 비행기 출발 시간은 오전 11시입니다.
> ne*.il/bi.he*ng.gi/chul.bal/ssi.ga.neun/o.jo*n/
> yo*l.han.si.im.ni.da
> 明天飛機的出發時間為上午11點。

解說

「이다」相當於中文的「是」，使用在主語和敘述語是統一的句子內，或使用在具體指定某種事物的時候。

實用例句

대한 항공입니다. 무엇을 도와 드릴까요?
de*.han/hang.gong.im.ni.da//mu.o*.seul/do.wa/
deu.ril.ga.yo
這裡是大韓航空，能幫您什麼忙？

제 비행기편을 재확인하고 싶습니다.
je/bi.he*ng.gi/pyo*.neul/jje*.hwa.gin.ha.go/sip.
sseum.ni.da
我想確認我的機位。

비행기 편명이 어떻게 됩니까?

bi.he*ng.gi/pyo*n.myo*ng.i/o*.do*.ke/dwem.
ni.ga

飛機編號是多少？

9월4일 화요일의 대만행 240편을 예약했습니다.
gu.wol.sa.il/hwa.yo.i.rui/de*.man.he*ng/i.be*k.
ssa.sip.pyo*.neul/ye.ya.ke*t.sseum.ni.da

我有預約九月四號星期二飛往台灣的240班機。

출발 시간을 확인하고 싶습니다.
chul.bal/ssi.ga.neul/hwa.gin.ha.go/sip.sseum.
ni.da

我想確認出發的時間。

예약 번호가 어떻게 됩니까?
ye.yak/bo*n.ho.ga/o*.do*.ke/dwem.ni.ga

訂位編號是多少？

내일 대만에 가는 비행기 편을 재확인하고 싶습
니다.
ne*.il/de*.ma.ne/ga.neun/bi.he*ng.gi/pyo*.neul/
jje*.hwa.gin.ha.go/sip.sseum.ni.da

我想確認明天飛往台灣的班機。

좋습니다. 예약이 확인되었습니다.
jo.sseum.ni.da//ye.ya.gi/hwa.gin.dwe.o*t.
sseum.ni.da

好的，訂位已經確認好了。

몇 시까지 체크인해야 합니까?

myo*t/si.ga.ji/che.keu.in.he*.ya/ham.ni.ga
幾點以前要辦理登機手續呢？

예약을 취소할 수 있습니까?
ye.ya.geul/chwi.so.hal/ssu.it.sseum.ni.ga
可以取消訂位嗎？

예약을 변경하고 싶습니다.
ye.ya.geul/byo*n.gyo*ng.ha.go/sip.sseum.ni.da
我想更改訂位。

모레로 연기하고 싶습니다.
mo.re.ro/yo*n.gi.ha.go/sip.sseum.ni.da
我想延到後天。

탑승 날짜를 바꾸고 싶습니다.
tap.sseung.nal.jja.reul/ba.gu.go/sip.sseum.
ni.da
我想更改搭乘日期。

내일 아침 대만행 비행기편 예약을 최소하고 싶습니다.
ne*.il/a.chim/de*.man.he*ng/bi.he*ng.gi.pyo*n/ye.ya.geul/chwe.so.ha.go/sip.sseum.ni.da
我想取消搭乘明天早上飛往台灣的班機。

예약이 최소되었습니다.
ye.ya.gi/chwe.so.dwe.o*t.sseum.ni.da
訂位已經取消了。

예약하다	拼音 ye.ya.ka.da
	中譯 預定
취소하다	拼音 chwi.so.ha.da
	中譯 取消
변경하다	拼音 byo*n.gyo*ng.ha.da
	中譯 變更
연기하다	拼音 yo*n.gi.ha.da
	中譯 延期
확인하다	拼音 hwa.gin.ha.da
	中譯 確認
재확인하다	拼音 je*.hwa.gin.ha.da
	中譯 再次確認

前往機場

Track 079

關鍵語句

제 비행기는 9시에 떠날 겁니다.
je/bi.he*ng.gi.neun/a.hop.ssi.e/do*.nal/
go*.m.ni.da
我的飛機9點會起飛。

解說

「- (으)ㄹ 것이다」表示談話者對某一狀態或未來行動的推測。

實用例句

몇 번 버스가 인천 공항으로 갑니까?
myo*t/bo*n/bo*.seu.ga/in.cho*n/gong.hang.
eu.ro/gam.ni.ga
幾號公車會到仁川機場呢？

지하철을 타면 인천 공항에 도착할 수 있습니까?
ji.ha.cho*.reul/ta.myo*n/in.cho*n/gong.hang.e/
do.cha.kal/ssu/it.sseum.ni.ga
搭地鐵可以抵達仁川機場嗎？

인천 공항으로 가 주세요.

in.cho*n/gong.hang.eu.ro/ga/ju.se.yo
請帶我到仁川機場。

아저씨, 빨리 가 주세요. 제 비행기는 12시에 떠날 겁니다.
a.jo*.ssi/bal.li/ga/ju.se.yo/je/bi.he*ng.gi.neun/yo*l.du.si.e/do*.nal/go*m.ni.da
大叔，麻煩您開快一點，我的飛機12點會起飛。

공항에 가려면 어떻게 가죠?
gong.hang.e/ga.ryo*.myo*n/o*.do*.ke/ga.jyo
請問該怎麼去機場？

相關單字

공항	拼音 gong.hang
	中譯 機場
놓치다	拼音 not.chi.da
	中譯 沒趕上 / 錯失
갈아타다	拼音 ga.ra.ta.da
	中譯 轉車
출발 시간	拼音 chul.bal/ssi.gan
	中譯 起飛時間
도착 시간	拼音 do.chak/sl.gan
	中譯 抵達時間
체류 기간	拼音 che.ryu/gi.gan
	中譯 滯留時間

출발 로비	**拼音** chul.bal/ro.bi
	中譯 出發大廳
도착 로비	**拼音** do.chak/ro.bi
	中譯 抵達大廳
환전소	**拼音** hwan.jo*n.so
	中譯 換錢所
면세품	**拼音** myo*n.se.pum
	中譯 免稅品
카트	**拼音** ka.teu
	中譯 手推車

搭機手續

🎧 Track 080

關鍵短句

저의 친구와 같이 앉고 싶습니다.
jo*.ui/chin.gu.wa/ga.chi/an.go/sip.sseum.ni.da
我想和我朋友坐在一起。

解說

「과/와」接在表示人或動物的名詞後方，表示一起進行某種行為的對象，相當於中文的「...與...」。

어떤 자리로 드릴까요?
o*.do*n/ja.ri.ro/deu.ril.ga.yo
您要哪裡的位子？

탑승 수속은 어디에서 합니까?
tap.sseung/su.so.geun/o*.di.e.so*/ham.ni.ga
要在哪裡辦登機手續？

대한항공 카운터는 어디입니까?
de*.han.hang.gong/ka.un.to*.neun/o*.di.im.ni.ga
大韓航空的櫃檯在哪裡？

지금 탑승 수속을 할 수 있습니까?
ji.geum/tap.sseung.su.so.geul/hal/ssu/it.sseum.
ni.ga
現在可以辦理登機手續嗎?

여권과 항공권을 주시겠습니까?
yo*.gwon.gwa/hang.gong.gwo.neul/jju.si.get.
sseum.ni.ga
請給我看您的護照和機票。

짐은 몇 개입니까?
ji.meun/myo*t/ge*.im.ni.ga
您有幾個行李?

짐이 두 개 있습니다.
ji.mi/du/ge*/it.sseum.ni.da
我有兩個行李。

맡기실 짐은 몇 개입니까?
mat.gi.sil/ji.meun/myo*t/ge*.im.ni.ga
您要托運的行李有幾個呢?

짐을 이 저울 위에 올려놓으세요.
ji.meul/i/jo*.ul/wi.e/ol.lyo*.no.eu.se.yo
請把行李放到這個秤子上。

짐 무게가 초과되었습니다.
jim/mu.ge.ga/cho.gwa.dwe.o*t.sseum.ni.da
您的行李超重了。

이 짐은 탁송해야 합니다.

i/ji.meun/tak.ssong.he*.ya/ham.ni.da
這件行李需要托運。

창문 쪽으로 부탁합니다.
chang.mun/jjo.geu.ro/bu.ta.kam.ni.da
我要靠窗的位子。

통로 쪽으로 부탁합니다.
tong.no/jjo.geu.ro/bu.ta.kam.ni.da
我要靠走道的位子。

창가 자리로 주세요.
chang.ga/ja.ri.ro/ju.se.yo
請給我靠窗的位子。

중량초과입니다. 추가 요금을 지불해야 합니다.
jung.nyang.cho.gwa.im.ni.da//chu.ga/yo.geu.
meul/jji.bul.he*.ya/ham.ni.da
行李重量超過了，您必須支付追加的費用。

탑승 시간은 몇 시입니까?
tap.sseung/si.ga.neun/myo*t/si.im.ni.ga
登機時間是幾點？

몇 번 탑승구입니까?
myo*t/bo*n/tap.sseung.gu.im.ni.ga
是幾號登機門？

대한 항공 탑승구는 어디입니까?
de*.han/hang.gong/tap.sseung.gu.neun/o*.di.
im.ni.ga

大韓航空的登機門在哪裡？

탑승구를 잘못 찾으셨습니다. 손님 비행기는 5
번 탑승구입니다
tap.sseung.gu.reul/jjal.mot/cha.jeu.syo*t.
sseum.ni.da//son.nim/bi.he*ng.gi.neun/o.bo*n/
tap.sseung.gu.im.ni.da
您走錯登機門了，客人您的飛機是五號登機
門。

수화물 초과 요금은 얼마입니까?
su.hwa.mul/cho.gwa/yo.geu.meun/o*l.ma.im.
ni.ga
行李超重費用是多少？

짐은 얼마를 초과했습니까?
ji.meun/o*l.ma.reul/cho.gwa.he*t.sseum.ni.ga
行李超重多少呢？

대만에 몇 시에 도착합니까?
de*.ma.ne/myo*t/si.e/do.cha.kam.ni.ga
幾點抵達台灣？

대만행 탑승구가 맞습니까?
de*.man.he*ng/tap.sseung.gu.ga/mat.sseum.
ni.ga
這是飛往台灣的登機門，沒錯嗎？

일번 탑승구는 어디에 있어요?
il.bo*n/tap.sseung.gu.neun/o*.di.e/i.sso*.yo
請問1號登機門在哪裡？

몇 번 탑승문에서 탑승합니까?
myo*t/bo*n/tap.sseung.mu.ne.so*/tap.sseung.
ham.ni.ga
在幾號登機門登機？

이것을 기내에 가지고 들어갈 수 있나요?
i.go*.seul/gi.ne*.e/ga.ji.go/deu.ro*.gal/ssu/in.na.
yo
這個可以拿到飛機上去嗎？

비행기가 얼마나 지연될까요?
bi.he*ng.gi.ga/o*l.ma.na/ji.yo*n.dwel.ga.yo
飛機會誤點多久啊？

相關單字

탑승 수속	拼音 tap.sseung/su.sok
	中譯 登機手續
탑승권	拼音 tap.sseung.gwon
	中譯 登機牌
탑승구	拼音 tap.sseung.gu
	中譯 登機門
공항 대합실	拼音 gong.hang/de*.hap.ssil
	中譯 候機大廳
기내식	拼音 gi.ne*.sik
	中譯 飛機餐
좌석 번호	拼音 jwa.so*k/bo*n.ho
	中譯 座位號碼

시차	拼音 si.cha
	中譯 **時差**
현지시간	拼音 hyo*n.ji.si.gan
	中譯 **當地時間**
짐을 부치다	拼音 ji.meul/bu.chi.da
	中譯 **拖運**
중량초과 요금	拼音 jung.nyang.cho.gwa/
	yo.geum
	中譯 **超重費用**
비행기 편명	拼音 bi.he*ng.gi/pyo*n.myo*ng
	中譯 **航班名稱**

永續圖書
線上購物網

www.foreverbooks.com.tw

◆ 加入會員即享活動及會員折扣。

◆ 每月均有優惠活動，期期不同。

◆ 新加入會員三天內訂購書籍不限本數金額，

　即贈送精選書籍一本。（依網站標示為主）

專業圖書發行、書局經銷、圖書出版

永續圖書總代理：

五觀藝術出版社、培育文化、棋茵出版社、達觀出版社、
可道書坊、白橡文化、大拓文化、讀品文化、雅典文化、
知音人文化、手藝家出版社、璞珅文化、智學堂文化、語
言鳥文化

活動期內，永續圖書將保留變更或終止該活動之權利及最終決定權。

國家圖書館出版品預行編目資料

旅遊必備的韓語一本通 / 雅典韓研所企編 -- 初版.
-- 新北市 : 雅典文化, 民101.08
面; 公分. --(全民學韓語 ; 8)
ISBN 978-986-6282-64-5(平裝附光碟片)
1. 韓語 2. 旅遊 3. 會話
803.288   101011512

全民學韓語系列　08

旅遊必備的韓語一本通

編著／雅典韓研所
責編／呂欣穎
美術編輯／翁敏貴
封面設計／劉 基

法律顧問：方圓法律事務所／涂成樞律師

總經銷：永續圖書有限公司
永續圖書線上購物網
www.foreverbooks.com.tw

CVS代理／美璟文化有限公司
TEL：(02) 2723-9968
FAX：(02) 2723-9668

出版日／2012年08月

雅典文化

出版社
22103　新北市汐止區大同路三段194號9樓之1
TEL　(02) 8647-3663
FAX　(02) 8647-3660

旅遊必備的韓語一本通

雅致風靡　典藏文化

親愛的顧客您好，感謝您購買這本書。

為了提供您更好的服務品質，煩請填寫下列回函資料，您的支持
是我們最大的動力。

您可以選擇傳真、掃描或用本公司準備的免郵回函寄回，謝謝。

姓名：		性別：	□男	□女

出生日期：　年　　月　　日　電話：

學歷：		職業：	□男	□女

E-mail：

地址：□□□

從何得知本書消息：□逛書店 □朋友推薦 □DM廣告 □網路雜誌

購買本書動機：□封面 □書名 □排版 □內容 □價錢便宜

你對本書的意見：
內容：□滿意□尚可□待改進　　編輯：□滿意□尚可□待改進
封面：□滿意□尚可□待改進　　定價：□滿意□尚可□待改進

其他建議：

總經銷：永續圖書有限公司

永續圖書線上購物網
www.foreverbooks.com.tw

您可以使用以下方式將回函寄回。

您的回覆，是我們進步的最大動力，謝謝。

① 使用本公司準備的免郵回函寄回。

② 傳真電話：（02）8647-3660

③ 掃描圖檔寄到電子信箱：

  yungjiuh@ms45.hinet.net

沿此線對折後寄回，謝謝。

221-03

 雅典文化事業有限公司　收
新北市汐止區大同路三段194號9樓之1

雅致風靡　　典藏文化